Retalhos
a dançar
no varal
da vida

Retalhos a dançar no varal da vida

Deulza Martins de Carvalho Ratti

Minha Editora

Copyright©2015 Editora Manole Ltda.
por meio de contrato de coedição com a autora.
Minha Editora é um selo editorial Manole.

Editor gestor: Walter Luiz Coutinho
Editora: Karin Gutz Inglez
Produção editorial: Cristiana Gonzaga S. Corrêa,
Juliana Morais e Marcos Toledo
Capa e projeto gráfico: Thereza Almeida
Ilustrações: Laurabeatriz

Dados Internacionais de Catalogação na Publicação (CIP)
(Câmara Brasileira do Livro, SP, Brasil)

Ratti, Deulza Martins de Carvalho
   Retalhos a dançar no varal da vida / Deulza
Martins de Carvalho Ratti. -- Barueri, SP :
Minha Editora, 2015.

   ISBN 978-85-7868-199-9

   1. Contos brasileiros 2. Poesia brasileira
3. Prosa brasileira I. Título.

	CDD-869.93
	-869.91
14-12949	-869.9

Índices para catálogo sistemático:
1. Contos : Literatura brasileira 869.93
2. Poesia : Literatura brasileira 869.91
3. Prosa : Literatura brasileira 869.9

Todos os direitos reservados.
Nenhuma parte deste livro poderá ser reproduzida,
por qualquer processo, sem a permissão expressa dos editores.
É proibida a reprodução por xerox.
A Editora Manole é filiada à ABDR –
Associação Brasileira de Direitos Reprográficos.

1ª edição – 2015
Editora Manole Ltda.
Avenida Ceci, 672 – Tamboré
06460-120 – Barueri – SP – Brasil
Tel.: (11) 4196-6000 – Fax: (11) 4196-6021
www.manole.com.br
info@manole.com.br
Impresso no Brasil
Printed in Brazil

Este livro contempla as regras do Novo Acordo Ortográfico da Língua
Portuguesa de 1990, que entrou em vigor no Brasil em 2009.
São de responsabilidade da autora as informações contidas nesta obra.

Este livro é dedicado aos meus pais:
Afonso Maciel de Carvalho (*in memoriam*)
Vera Martins de Barros Carvalho (*in memoriam*)

E aos meus sogros:
João Ratti (*in memoriam*)
Maria Thereza Sampaio Ratti (*in memoriam*)

Com amor, gratidão e profundo respeito por suas vidas honradas, dedicadas ao trabalho e à família.

Ao Prof. Afonso Gomes de Carvalho (*in memoriam*), saudoso professor de Português do curso clássico, derradeiro elo da longa corrente de bons professores de Português da minha vida. Espelho decisivo para a escolha de minha profissão.

PREFÁCIO

"Varal Literário" era uma técnica, usada por mim e por outros professores da minha geração, para expor obras escritas pelos alunos. Prosaica, antiga, rudimentar, mas eficiente para o objetivo a que se destinava. Na minha prática, realizava-a no final do ano, quando as condições da escola permitiam. Esticávamos cordas por toda a sala de aula e, com prendedores de roupa, cada um prendia ali a sua escrita do ano. A folha original de sua redação, com as devidas correções em tinta vermelha. Aberta a pais e familiares, a atividade permitia a visibilidade do conjunto dos trabalhos. Os alunos faziam uma reflexão sobre seu desenvolvimento e ficavam orgulhosos, apesar da exposição de seus erros. Sentiam-se escritores. A escrita era o foco de minhas aulas. É o foco de minha vida, posso dizer. Meus alunos escreviam e eu também. Enquanto exibia seus textos, escondia os meus, num "varal" invisível, ao longo da vida.

Escrito um texto, eu o "penduro" para que ele fique ali quietinho. Engano meu. Tempos depois, inicia-se a dança da sedução. Penso no texto, quero rever, cortar, reescrever, melhorar. Às vezes, pioro. Se o esqueço, ele me vem à mente em momentos absolutamente impróprios. Vivencio essa dança ao longo dos meus dias. Ela remete à força da vida, à alegria do existir. Contesta a estagnação. Transformou-se no meu elã vital, no ritmo das minhas madrugadas, um ritual necessário. Culturas ancestrais revelam que a dança é metáfora da vida, da vivência espiritual e dos relacionamentos. Esta produção é o resultado de um prolongado e solitário baile. Uma coreografia em que profano e sagrado se entrelaçam.

Não é um livro convencional. A começar pelo nome. Longo. Impróprio para os dias de hoje. Causou impacto. Estranheza. Fui convicta na decisão de publicá-lo tal como desejei. É um livro em prosa e verso. Retalhos apresentados numa fieira espontânea. Meu desejo é apresentar a diversidade.

Na prosa, misturam-se vários gêneros. Reincidente na escrita do gênero memorialístico, recebi uma proposta de exercício. A Leitora Crítica Ludmila Siqueira sugeriu-me o treino da composição de personagem. Aceito o desafio, elaborei contos com um olhar sobre o feminino. Verão os leitores que, neles, a espiritualidade está presente. Eles me fizeram crescer. Na insistência de sua incompletude, quem ganhou fui eu. Busquei a clareza e obtive a elevação de conceitos, com a conquista de uma frequência mais elevada. Refinamento. Um presente.

Ao longo das páginas, espalhei textos curtos que elaborei nos últimos três anos, já com o propósito da publicação. Esses não foram para o "varal". Diverti-me com eles. Deram-me alegria. Mais uma prova de fogo. Sou prolixa e persegui a síntese. Espero que agradem.

Em verso, algumas tentativas de celebrar. Dores. Inseguranças. Beleza. Tristezas. Sentimentos. Perturbações. Nenhuma mestria. Apenas a ousadia da celebração. Que não me espie o querido mestre João Cabral de Melo Neto, que não me espie, por favor.

Aí estão meus retalhos. Que você, meu leitor, aceite o convite e entre comigo nesta dança que registrou décadas do hábito de pensar e escrever.

Retalhos a dançar no varal da vida

PAIXÃO

Senhores, com licença, num salto, aqui estou. Este é um terreno difícil, quase proibido. Entretanto, eu me aventuro. Corajosa ou irresponsavelmente? Sosseguem, não entrarei no mérito. Falarei apenas de circunstâncias periféricas.

O desejo de falar sobre esse tema vem do encantamento que a paixão exerce sobre mim. Sinto admiração pelas pessoas que possuem paixão ardente por alguma coisa. E a grande comoção neste país é o futebol. Conhecedores do assunto escreveram e escrevem brilhantemente sobre ele. E eu, ignorante, teimo em entrar na área.

Não tive acesso aos artigos e crônicas do trabalho cotidiano de Nelson Rodrigues, mas fui leitora de mestre Armando Nogueira, um poeta do trabalho no gramado.

Na infância, acompanhava campeonatos regionais do Sul de Minas, o time de Aiuruoca obtendo suas vitórias com alguns astros de que me lembro, José Arantes e José Anízio. Alguns jogos com brigas e correrias pela cidade. Em um deles, meu tio Tonico escondeu em casa um adversário que correra desesperadamente do campo até sua casa, na Rua de Baixo. Vendo-o correndo risco de morte, o velho Tonico Martins não hesitou em protegê-lo. Alojou--o no forro da casa, pelo alçapão do banheiro. Os conterrâneos que o perseguiam não tiveram outra saída. Abaixaram a cabeça e passaram quietinhos pela porta, ruminando sua raiva em direção à praça, onde se rebelaram novamente. Conhecia pelo nome os times do Rio de Janeiro, cujos jogos eram transmitidos pela Rádio Nacional e ouvidos em casa numa barulheira atroz num grande rádio. Resumia--se a isso o meu contato com o futebol.

A primeira vez que entrei em contato com a emoção nacional foi na Copa de 1958. Era domingo. Estávamos na missa das 11 horas. Usualmente, uma liturgia longa, com um sermão comprido, o alto-falante ligado para que a cidade toda ouvisse. Naquele domingo de 58, entretanto, a cerimônia não seguiu a elasticidade de sempre. Algo inusitado pairava no ar. E antes que terminasse, um rojão explodiu lá fora. Fato inconcebível. Um susto. Jamais ocorrera. Para o velho Monsenhor Nagel, hora de missa era hora de missa. Nenhum ruído dentro ou fora. Apenas sua voz solene ressoando em todos os recantos. Uma cerimônia para os presentes e para os ausentes. Respeito e contrição. Exigência permanente.

Para minha total surpresa, após o espocar do foguete, nenhuma reclamação. Pelo contrário, acelerou-se a missa. Uma leveza instalou-se no recinto sacro. Término rápido, saída abrupta. De todos, inclusive do vigário. Na praça, uma comoção jamais vista, fogos, bebida, carnaval.

Fiquei perdida. Não sabia a causa daquela celebração. Não ouvira falar sobre aquilo. Não sei como, fui parar dentro da casa de Dr. Guimarães. Lá, entre as meninas da família, pude pinçar informações e montar um contexto. Fui percebendo, havia uma competição mundial chamada "Copa do Mundo" e o Brasil a havia vencido, jogando contra a Suécia, lá em Estocolmo.

Até hoje existe um mistério para mim: como o meu pai não comentara em casa? Ele assinava o Correio da Manhã, comentava as notícias, os programas de rádio e nada comentara sobre a Copa do Mundo? Ou eu não ouvi?

A festa durou aquela tarde, a noite, a semana, o mês seguinte. E, então, os nomes começaram a ser proferidos com intimidade: Gilmar, Pelé, Garrincha, Didi, Djalma Santos, Zagallo, Bellini, Vavá. A Manchete chegou com aquela capa amarelinha. Nela, a clássica pose dos campeões. O rádio transmitia entrevistas, reportagens e comentários ouvidos com dedicação nos intervalos dos barulhos naturais da péssima instalação naquelas lonjuras montanhosas.

A partir da bênção final daquela missa, entrei em contato com a paixão nacional.

Adulta, casei-me com um apaixonado, Jonas, um futebolista no campo e fora dele. Exímio atiçador de polêmicas em torno do assunto. Um atleta provocador. Como ninguém, tira proveito dessa comoção mundial. Em viagens ao exterior, em situações difíceis no trabalho, em silêncios pesados, em ocasiões delicadas, ele sabe introduzir um comentário, estabelece comunicação. Nos dias de hoje, seria jogador de futebol. Na sua juventude, a profissão não era ainda bem-vista. Talento não lhe faltou. Sou testemunha.

São Paulo é o seu time. O Morumbi, palco das histórias que desejo contar aqui. A primeira vez que fomos ao estádio, foi, para mim, uma experiência inesquecível. Final da década de 70. Saí de casa para assistir a uma partida de futebol, levada pelo Jonas, aereamente, sem expectativa alguma. Na Rua Eusébio Matoso, o trânsito já me surpreendeu. A poucos metros de casa, tudo se transformou. Ônibus barulhentos, bandeiras desfraldadas, animação, correria, um frenesi tamanho que me fez perguntar:

— O que está acontecendo?

— O jogo. As pessoas vão para o jogo, como nós.

Continuei muda, observando aquilo. Um longo tempo até chegar. Caminhando para o portão principal, pude ver a postura das pessoas. Semblante alegre, porte altivo, o andar decidido.

Não pude evitar. A minha paixão veio à tona e suspirei:

— Quando isto ocorrer na porta das escolas!...

Fomos empurrados para dentro e ocorreu o meu batismo no mundo do futebol. Ali, completou-

-se a formulação iniciada lá no domingo aiuruocano, em 1958.

Após algum tempo, adquirimos um título do clube. Começamos a frequentar o São Paulo Futebol Clube como sócios. Outras surpresas me esperavam. Inicialmente, ficávamos no parque aquático. As crianças adoravam aquelas piscinas. Tínhamos finais de semana ensolarados em um ambiente agradável, espaço bem cuidado, frequência de famílias como a nossa. Muitas vezes, almoçávamos lá, ouvindo o hino do time acompanhado por torcedores entusiasmados.

Logo, logo, Jonas descobriu o campeonato interno entre os sócios. Ele jogava, eu ficava com as meninas na piscina. Esses times, formados no início do ano, disputavam no mesmo formato dos campeonatos oficiais. Os juízes vinham de fora, contratados da Liga de Juízes. A final era jogada dentro do estádio, em manhã ou tarde em que ele estivesse ocioso. Fora do campeonato, os sócios também jogavam, formando times aleatoriamente, conforme a chegada no clube. Acompanhando o Jonas nesses jogos, oficiais ou não, assisti a cenas surpreendentes.

Na época, o clube possuía poucos campos na área social. Então, os apaixonados chegavam cada vez mais cedo para garantir lugar no gramado. Alguns chegavam às quatro da manhã e já compunham seus grupos, na calçada, em grande empenho, enquanto o clube não abria. Na primeira vez que subi para ver um jogo do Jonas, fiquei pasma com suas atitudes no jogo. Comportei-me, então, como a professora de 5ª série que chama a atenção de seu aluno. Ele, simplesmente, colocou-me no chão, recomendando-me que reparasse nos adversários e visse como ele estava sendo marcado acirradamente. Marcado? Acirradamente? Não falei, só pensei. E ele concluiu:

– Jogo é jogo.

No segundo tempo, meu olhar já envolveu todos os jogadores, os dois times. Para espanto meu, tinha de dar razão ao Jonas. Jogo é jogo. A seguir, não fiquei mais condenando meu marido. Eu já o incentivava a ultrapassar o adversário, como faziam todas as esposas, namoradas, pais, mães e filhos ao longo do alambrado. Ele jogava no ataque e a defesa não o deixava passar, aprendi nesse primeiro dia. Também vi de perto os suplícios que vive um juiz. Saí dessa primeira jornada sabendo o que o foco pode fazer na análise de uma questão. Ali começou minha diversão, às vezes com mais de uma sessão semanal.

Após cruzarem as linhas do gramado, todos perdiam suas características pessoais. Desapareciam os médicos, administradores, engenheiros, advogados, economistas, empresários. Transformavam-se, a meu ver, em alegres meninos de 5ª série. Digo isso por ser esta a minha referência anterior. Fui professora de muitas 5as séries na minha vida. Vez ou outra, acompanhava seus certames em campeonatos escolares.

O clima no São Paulo era alegre, o espaço bonito, ajardinado, confortável. Fui entrando naquele entusiasmo de pertencer a uma bandeira. O hino soava por todas as dependências. As pessoas cantavam, dançavam. Ninguém se irritava, mesmo que o time tivesse perdido na véspera. A ordem era o estímulo, o soco no ar, levando a esquadra: "Pra frente. Sããão Paauloooo!". O que é uma paixão! Fui entendendo. Eu gostava muito do espaço. As crianças divertiam-se, eu escrevia ou lia. Muitos dos textos deste livro foram escritos no espaço social do São Paulo Futebol Clube. Entre um mergulho e outro, entre um jogo e outro. Uma noite, um diretor me disse: "Precisamos de uma biblioteca. A senhora merece que criemos uma". Acho que ele já me vira muitas vezes naquela sala a escrever e a ler, escondendo-me do frio, quando o jogo não era do campeonato. Sábados e domingos de manhãs ensolaradas no amplo espaço inferior, noites geladas na arquibancada frente ao campo. Frequentando o clube ao longo dos anos 80, vivi momentos privilegiados.

Ao mesmo tempo em que acompanhava meu marido, compartilhando de sua alegria, eu aproveitava as noites estreladas para entrar em contato comigo mesma, aquietar-me, promover visitas ao silêncio interior.

O primeiro campeonato começou. Os times tinham camisa, e a torcida era formada por pessoas amigas ou da família. Jonas contava apenas comigo quando as meninas não estavam. Não tinham paciência para o jogo. Preferiam a piscina ou outros espaços apropriados à idade.

A cada partida, eu me surpreendia com a intensidade daquele ardor. A alegria, a força, o empenho das famílias pelo seu jogador em campo. Uma festa. Todos corriam ao longo do alambrado, gritando e incentivando, em um esforço admirável. Aquilo me causava espanto. Dispêndio de tamanha energia num jogo de brincadeira... "Brin-ca-dei--ra?" Palavra que eu jamais poderia proferir. Seria fuzilada – por olhares reprovadores, claro, mas seria. Do meu posto de isenta observadora, presenciei cenas inesquecíveis. "Pura diversão!!!" Outra palavra proibida. Quem estava se divertindo ali?

Passo a relatar as cenas hilariantes que vi e continuam na minha memória, fazendo-me rir ainda hoje.

Fazia parte da Diretoria de Esportes um senhor, funcionário da Sabesp. Sempre presente, recebia reclamações, tomava providências, acompanhava situações difíceis, resolvia problemas. Dedicado, envolvido com o campeonato, uma pessoa necessária.

Um domingo, o jogo já se desenrolava quando ele chegou. Sempre me cumprimentava solícito. Já me identificava como a esposa do Jonas. Conversávamos, quase impessoalmente, sobre o panorama que se apresentava.

Naquele dia, mal me cumprimentou e já ouvimos as reclamações:

— Pô... (chamavam-no por um apelido de que não me recordo). Isto é hora de chegar? Como você chega tão tarde? Desde as cinco estamos aqui.

— Tive um casamento. Às cinco cheguei em casa, minha mulher me obrigou a deitar...

— Não deveria. Seu lugar era aqui. Estávamos à sua espera, pôôô!

Terminando essa conversa, veio sentar-se no banco em que eu estava.

— E a senhora sabe por que estou aqui? Eu dormi pesado, mas, às 8 horas, meu filho entrou em nosso quarto e começou a gritar: "mãe, quem é esse homem em sua cama, mãe? Quem é esse homem, mãe?" Ele nunca me viu dormindo nesse horário.

— Nem dormindo, nem em casa, pelo visto.

— É, nunca viu mesmo. Fez o maior escândalo, aproveitou a oportunidade. Minha mulher já desistiu de contar comigo aos sábado e domingos. Ontem, saí tarde daqui, mas nesse casamento eu não podia faltar, ficaria muito mal. Ela me fez deitar, mas meu filho não deixou por menos. Levantei e vim embora. Daqui a pouco, eles chegam, almoçamos...

— E a tarefa continua à tarde.

— Ah! Sim, sim.

Uma noite, os times já brincavam em campo, quando ouvi a gritaria:

— Vocês vieram? Não é possível. Vocês vieram? O pessoal do banco já está em campo.

— Podem sair, podem sair, vamos jogar.

— Pô! Nem hoje vocês faltaram. Quando eu vou jogar?

É impossível retratar a cena. O número de vozes gritando. Acusações e defesas. Os substitutos não queriam ceder lugar, os titulares já entrando. E todo mundo gritando. Diziam isso para um senhor e seu filho. Já os conhecia, sabia que jogavam em times diferentes. O rapaz no time do Jonas. Naquela noite, eles se confrontariam e os do banco estavam jubilosos com a certeza de que pai e filho faltariam.

A brincadeira continuou e entendi que nascera Juliana, a primeira neta e sobrinha. Entraram em campo e os substitutos, de pé na linha demarcatória, continuavam insultando:

— Pô, mas nem neste dia vocês dão chance?

— Por isso mesmo. Preciso fazer um gol para a minha neta.

— Não, vô, pode deixar que eu faço. O tiozão aqui vai homenagear sua amada sobrinha. Muitos gols. Pode deixar, vô, não se esforce. Deixa pra mim...

Foi uma noite emocionante. Guardo-a no meu coração. Não sei se Juliana e sua mãe sabem das inúmeras homenagens que receberam. Os dois times gritavam o nome de Juliana o tempo todo, com aquela entonação emocionada de arquibancada brasileira. Se acertavam um passe, pulavam com punho fechado e gritavam: "Por Juliana!". Se erravam, pulavam do mesmo jeito, justificando-se: "É a emoção, Juliaaana!".

O avô e a avó não foram poupados:

— Ei, hoje vai dormir com a avó.

— Você vai ver o que é aguentar uma avó. Se segura, malandro...

E o avô respondia:

— Uma avó fresca. Vamos ver como será.

O jogo prosseguiu nessa gritaria toda. A festa por Juliana era muito maior do que a vontade de vencer, embora brigassem do mesmo jeito. O tio fez um gol e o ofereceu festivamente. Mas não foi o único. Todos os gols da partida foram efusivamente oferecidos a ela. Os gritos e homenagens se repetiram ao longo da partida e na cervejada posterior.

Todos ali eram amigos, as famílias conhecidas de longa data. Apenas eu e Jonas não éramos íntimos como eles. Vínhamos do interior, éramos sócios novos e estávamos iniciando aquele convívio. Não visitaríamos nem conheceríamos Juliana e sua mãe. Mas a noite me marcou. Aquela cumplicidade de time a time presenteou-me com uma grandiosa paz interior.

Até hoje, penso nessa Juliana nascida na década de 80. Como seria bonito ela ver um filme que retratasse aquela noite. Uma noite profunda no Morumbi, com céu azul, cheio de estrelas. Ainda havia noites assim naquela época, em que se podia ver o céu. Nada foi registrado. Hoje, o fato e o jogo estariam nas redes sociais, em tempo real.

De outra feita, num domingo de manhã, estava eu sentada à porta do vestiário quando ouvi um grito:

— Para, para, para. Cheguei. Vou jogar.

Os times estavam em campo, a postos para ouvir o apito do juiz. Um senhor me pediu licença para arrancar a calça ali mesmo. Ficou de calção. E foi contando que sua mulher sofrera uma tremenda crise renal na madrugada...

— Chamei um colega, fomos pro HC. Passamos um tempo em estudos, ela entrou há pouco na cirurgia. Eu vim pra cá, meu time entra em campo. O que adiantava eu ficar lá? Não sou da área. Não é a minha especialidade. Meus colegas se responsabilizaram. Meu time entra em campo, expliquei pros meus sogros. Eles não entenderam muito bem. Ficaram lá, de cara feia, sofrendo. Eu vim embora, meu time entra em campo...

E foi correndo para o gramado. O juiz apitou, ele se movimentou feliz como uma criança. Ocupou sua posição.

Em uma noite gelada, fomos nós que chegamos em cima da hora. Enquanto o Jonas entrou no vestiário, um grupo aproximou-se de mim, trazendo uma senhora. Rapidamente, eles me passaram a responsabilidade:

— Esta senhora é a mãe do juiz. Você faz companhia para ela durante o jogo? Muito obrigado.

Um deles pegou minhas duas mãos, beijou-as e sumiu com os amigos escada abaixo. Levei a senhora para a arquibancada, apesar do frio. Não podia retirá-la dali. A mãe fora ver a atuação do filho. À medida que o jogo avançava e a normalidade de um campo de futebol se estabelecia, senti-me na obrigação de distraí-la. Comecei a conversar. Dali a pouco acelerei o ritmo. Uma luta para que minha voz encobrisse os gritos da quadra. Contava um fato atrás do outro. Histórias de minha infância, experiências com os alunos, apuros em momentos complexos em sala de aula.

De vez em quando eu ouvia um "Ô, Ô!". Alguém, lembrando-se da presença da mãe do juiz, dava um toque nos mais espontâneos. Quem ela mais ouviu, eu não sei. Sei apenas que, ao final do jogo, eu estava exausta, um trapo.

Juntaram-se todos no bar para a comemoração. A senhora foi ao banheiro. Não perdi a oportunidade, perguntei ao jovem juiz:

— Como você trouxe a sua mãe aqui? Que loucura...

— Eu nunca imaginei que aqui também fosse assim. A categoria dos sócios, médicos, advogados, engenheiros, empresários.

— Aqui é pior.

— Eu vi!

— Eles nada têm a perder. No máximo, são expulsos de um jogo. E, no final, olha aí a confraternização. E ainda continuam pela madrugada, nada os impede. São todos amigos, divertem-se ao máximo dentro das quatro linhas, sem nenhuma responsabilidade profissional. Sobre eles não há penalidade alguma...

— Claro.

Os dois times prestaram sua homenagem à mãe do juiz. Agradeceram sua presença, elogiaram o desempenho do filho. Eu recebi palmadinhas nas costas. Silenciosas e agradecidas.

Jonas adorava esses torneios. Trouxeram-nos muita alegria. Uma alegria prosaica, ingênua, que trabalhava o lúdico da vida, enternecia nossa criança interior. Seu time jogou no estádio, em final de campeonato. Sagrou-se campeão. Temos o filme registrando essa epopeia. Por toda a década de 80, frequentamos o clube assiduamente. Na década de 90, entretanto, um sério problema no joelho obrigou Jonas a abandonar seu esporte favorito. Ainda voltamos ao clube para frequentar a piscina por algumas vezes, mas o encanto se quebrara. As crianças cresceram, tinham outras distrações. Aos poucos, deixamos de ir. Jonas continua sócio e até recebeu uma Comenda comemorativa por seus trinta anos de associado cumpridor de seus deveres.

Em julho de 1993, chegamos a Corumbá. Eu e Jonas, uma viagem já sem as filhas. Ficamos em uma pousada nos arredores da cidade, quase área rural. Chegamos depois do almoço, deitamos para um cochilo. Dali a pouco, começamos a ouvir ruídos muito conhecidos. Empolgado, Jonas levantou-se, abriu a cortina, viu o panorama. Um campo de futebol, times a postos e uma plateia considerável. Colocou o uniforme, calçou as chuteiras e lá foi pedir espaço em um dos times.

Continuei ouvindo a gritaria. Uma preguiça infinda.

Quando escureceu, Jonas voltou alegre. Contou-me que jogara muitas vezes. Um sistema de mata-mata, jogo rápido e divertido. Entrara no time do dono da casa, um rapaz de uns 15 anos. Ele possuía o espaço, os jogos de camisa, reunia os amigos. Agora nas férias, havia jogos todas as tardes. Eram jovens, não tinham tanta experiência, mas corriam, tinham raça, Jonas explicava.

— Eles gostaram. Estou contratado. Amanhã entramos em campo no mesmo horário.

Na saída para o jantar, perguntamos sobre um bom restaurante. A recepcionista nos deu as informações. Na cidade, logo, logo, percebemos o óbvio. Estávamos perdidos, sem nenhuma noção de onde ficava nosso destino. Nessas ocasiões, fico nervosa, chata, mal-humorada, quero perguntar, achar o caminho. Jonas mantém-se bem-humorado, não se abala, consegue rodar ainda durante longo tempo sem se contrariar. Eu fico impossível, quero que ele pergunte, mas ele não se apressa.

Naquela noite, a fome o empurrou. Na minha primeira sugestão, ele cedeu. Parou o carro, atravessou a rua e foi ao posto de gasolina perguntar. Era um local meio escuro e eu pensei não estar enxergando direito, aquilo não podia estar acontecendo. O Jonas dando a mão ao frentista, conversando animadamente, descontraído, satisfeito, completamente diferente de todas as vezes em que ele foi admitir perante alguém que estava perdido... Amabilidades e até um abraço de despedida. O que era aquilo? Alucinação? O que estava acontecendo comigo?

De volta, ele entrou rindo no carro:

— O frentista me reconheceu. Estava lá no futebol.

—Aaahan!

— Estão eufóricos. Iludidos, coitados. Fiz seis gols hoje. Isso nunca mais vai acontecer. É coisa de uma vez na vida, nunca mais ocorre.

No dia seguinte, a empolgação começou cedo. No café da manhã, a mãe do garoto lembrou que o jogo começaria às 16 h. À tarde, pontualmente, os times entraram em campo. A assistência lotava os arredores do campo. Uns sentados na grama, outros de pé, alguns encostados em árvores e crianças encarapitadas nos galhos. Uma senhora animação.

Já descansada, eu assistia pela janela. A alegria se apresentava no campo, à minha frente. Uma verdadeira festa. O telefone tocou. Atendi. Ouvi a voz de nossa filha Andréa. Furiosa.

— Mãe, quem é essa mulher que não me deixa falar com meu pai? Quem é ela pra dizer que o meu pai não pode atender? Mãe, quem é essa mulher? Mãe, onde você está? O que você está fazendo aí, mãe? Onde está o papai? E quem é essa mulher?

— Eu não sei, Andréa. Quem é que lhe disse isso?

— Na recepção. A mulher disse que o papai não podia atender e desligou o telefone na minha cara. O que está acontecendo aí, mãe?

Entendendo a causa de sua contrariedade, segurei a gargalhada — meu Deus, até que ponto isso pode chegar! — e entrei na brincadeira.

— Ué, mas ela não desligou o telefone, Andréa?

— Desligou. Mas eu liguei de novo, falando que era filha dele e precisava falar com ele, ela continuou falando que ele não podia atender. E, antes que ela desligasse de novo, pedi pra falar com você. Por que essa mulher tá me dizendo que eu não posso falar com o papai, mãe?

— Porque seu pai está jogando no time do filho dela, Andréa.

— E onde você está, mãe? — perguntou aflita.

— Estou vendo o jogo pela janela. A mãe do menino os vê do térreo e eu assisto aqui do segundo andar. Ele está jogando.

— E daí? Eu preciso falar com o papai, tenho uma consulta.

Estava impaciente.

— Agora ele não pode atender, Andréa. Em time que está ganhando, não se mexe.

— Você também, mãe? Chame o papai. Preciso dessa resposta hoje.

Deixei de brincar e lhe expliquei que não adiantaria alguém chamar. Jogo é jogo. Eu havia aprendido na minha primeira tarde no São Paulo Futebol Clube. Prometi-lhe que Jonas ligaria quando o jogo acabasse. Ele telefonou, resolveram a questão. Ela continuava inconformada com a "petulância da mulher que não a deixara falar com o pai". Não podia imaginar o tamanho daquela paixão que rolava com a bola naqueles rincões do Mato Grosso do Sul. Nosso passeio ao Pantanal resultou em muitos jogos na pousada.

A verdade é que aqueles jovens se encantaram com a dedicação do Jonas ao seu campeonato de férias. Sua experiência os ajudou e abrilhantou os jogos. Ele orientava os meninos em campo, gritava, alertava, mostrava defeitos, impunha táticas, identificava acertos. O time adversário também aproveitava as lições. Da minha janela, ouvi quando ele disse a um adversário:

— Você joga bem, tem garra, mas joga de cabeça baixa. Que visão você tem do jogo? Levanta essa cabeça.

E a plateia aumentava a cada tarde. Aquela semana movimentou toda a redondeza. O entusiasmo com que chegavam! A vibração, a euforia daqueles rapazes era contagiante. Na manhã da despedida, a maior surpresa. Já estávamos de malas prontas, saindo para a recepção, quando chegou um dos rapazes. Garimpeiro, levou pedras para presentear o Jonas. Com um carinho inocente, uma deferência ingênua, uma vontade de agradar, de assegurar que o visitante levasse uma lembrança daqueles dias. Abriu seu mostruário e me pediu que escolhesse. Nós nos recusamos. Plasmados pelo aço de São Paulo, não sabíamos lidar com aquela situação. Era delicadeza demais para trabalharmos em tão pouco tempo. Diante da beleza das pedras, passado o estupor inicial, propusemos uma compra. Ele insistiu. Queria nos presentear e ainda se desculpou por não estar com seu acervo completo. O pai estava negociando em algum lugar e levara o estojo maior. Constrangimento total de nossa parte. Não sabíamos o que fazer. Enfim, o respeito, a admiração pelo Jonas e o afeto que ele demonstrava com a iniciativa me desarmaram. Escolhi granadas. Peguei umas pedras com as quais pudesse fazer brincos. Ele não se conformou. Queria oferecer mais, queria que ficássemos até o outro dia para irmos à casa dos pais para escolher mais. Insistiu muito, mas conseguimos convencê-lo de que o presente foi ótimo, não precisava preocupar-se com mais nada. Não foi fácil convencê-lo. Por fim ele se foi, demonstrando total insatisfação por ter oferecido tão pouco àquele que lhes trouxe tanta emoção durante uma semana inteira. Voltamos do Pantanal preenchidos, presenteados por aquela dádiva tão natural quanto aquele campo de futebol em meio às águas, árvores e pássaros pantaneiros.

Quando pensei que já vivera tudo em relação ao futebol ao lado de Jonas, surpreendi-me vestindo, no carro, apressadamente, a camisa de um time, para entrarmos na Igreja de Nossa Senhora do Carmo, em Itu, na manhã de 16/8/1998.

Alguém localizara o Jonas em São Paulo e enviara o convite:

Convidamos você e sua família para mais um encontro dos atletas do Auto Futebol Clube, quando, juntos, prestaremos uma homenagem ao nosso amigo e querido técnico Olavo de Toledo na passagem de seu aniversário. Local do Encontro: 9h — Igreja Nossa Senhora do Carmo para a missa em intenção dos atletas falecidos. Local do jogo e churrasco: Chácara Schincariol — Rodovia Itu/Porto Feliz. "O tempo deixa suas marcas na vida de um homem, mas não apaga as marcas que um homem deixa no tempo." A Comissão Organizadora.

Quando li o texto, fiquei surpresa. Sempre ouvi Jonas relembrar-se com saudade desse time, o Auto. Pensava que se tratava de Alto Futebol Clube. Só então fiquei sabendo que se tratava de um time muito antigo de Itu, fundado por motoristas de táxi. Jonas, na adolescência, conseguiu vaga nessa esquadra. Segundo ele, Olavo foi um técnico que lhe deu oportunidade. Eu sabia que não só lhe dera chance, como sabia mexer com seus brios, incentivar sua sanha de jogador aguerrido. "O jogo vai ser dificultíssimo!!!" era o seu bordão.

Tive, então, a grande alegria de conhecer Olavo de Toledo, a quem respeitava e admirava. Um homem simples, digno, educador antes de tudo. Um líder. Em 1998, já não dirigia um time, mas ainda trabalhava com crianças na Secretaria Municipal de Esportes de Itu.

Nossas camisas tinham os respectivos nomes escritos nas costas. Solenemente, entramos em fila na igreja. Os casados com suas respectivas esposas. Quando a missa terminou e saíamos, do último banco um senhor me chamou:

— Chegamos atrasados. Vi vocês lá na frente e falei pra minha mulher: é aquele!

— Aquele? Quem?

— O Jonas! Ele impediu que eu fizesse o gol da minha vida. Você é a mulher dele, precisa saber disso.

Dirigindo-se a ele, perguntou:

— Você se lembra?

Os dois se abraçaram e já começaram a narrar o lance, concomitantemente. Cada um evocando a sua versão, claro! Conversaram o dia todo sobre aquele lance inesquecível para ambos, com acréscimo de opiniões vindas de todos os presentes. Divertiram-se a valer.

Em setembro de 2010, fomos ao Rio durante a Bienal do Livro. Fui ao lançamento de uma Antologia em que eu tinha alguns textos. Estava tensa. Ficamos no Flamengo. À tardezinha, meu irmão Laércio, saindo do trabalho, chegou ao hotel. Mal nos cumprimentou, olhou para o Jonas, indicou o relógio:

— Maracanã, Maracanã, ainda dá tempo. Vamos?

Depois de algumas consultas, perceberam que não havia tempo. Mas já ficou acertado que iríamos ao Maracanã no sábado. Vasco contra o Guarani. Por coincidência, estávamos hospedados no mesmo hotel do time de Campinas. O clima se instalou. Jonas já começou a insuflar os rapazes do Guarani, convocando a raça paulista para o dia seguinte.

Vivi essa emoção. Tensa como eu estava, Jonas jamais me faria esse convite. Mas o que ele poderia fazer? O convite partiu de meu irmão... E eu não me recusei a ir, pelos dois, mas a presenteada fui eu. Entrar no Maracanã quase carregada pelas torcidas é uma emoção incomparável. Uma energia indescritível. Mais uma vez, eu me achava em uma lacuna de sentimentos – eu não possuía aquela paixão, mas tinha imensa admiração pelos que a possuem.

Sem a necessária noção dos frequentadores, fomos levados pela torcida do Vasco para o espaço da torcida organizada. Espremidos, entrávamos nos movimentos dos vascaínos. Jonas nem se manifestava como paulista. Olas, gritos de guerra, imensas bandeiras desfraldadas tapando nossa visão de jogo, a euforia de velhos e jovens, mulheres e crianças, aquela vibração toda e nós lá no meio. Laércio não perdeu tempo. Fotografou tudo. Temos um belo registro do que foi aquela tarde no Maracanã. Com o jogo em andamento, o ânimo aumentando, percebi o perigo da situação. Falei com alguém do meu lado e a pessoa me respondeu:

– Mas a senhora quer o quê? Aqui é torcida organizada. Sai confusão mesmo.

Pedi ao Laércio para sairmos dali. Jonas achou bom. Fui na frente, pedindo licença e ajuda, dizendo que não me sentia bem. Foram abrindo espaço, para me proteger, indicando para onde deveríamos ir. Chegamos ao corredor e ali recebi mais uma oferenda. Entrava uma bateria com todos os seus componentes e passistas. Uma energia, uma alegria! Jonas, conhecendo-me, segurou-me pelos ombros. Não permitiu qualquer movimento de minha parte. Deixasse por mim, eu seria levada por aquele ritmo confiante e enérgico. Voltaria à situação anterior. Segurando-me, ele me proporcionou uma apropriação. Conhecendo um pouquinho a natureza daquela energia, tomei dela e a enviei para a minha paixão, agora um sentimento instalado, bem acomodado no meu ser. Com a certeza de que não estava subtraindo nem roubando nada de ninguém, enviei todo aquele entusiasmo – confiante e enérgico, lembram-se? – às salas de aula do Brasil inteiro.

Guardas nos deixaram ocupar cadeiras vazias no setor numerado. Dali, víamos de frente as torcidas organizadas. Um espetáculo de arrepiar. E nem era um Fla/Flu.

No domingo, no lançamento do livro, meu irmão continuou disparando a máquina. Cada segundo registrado. Lembro-me com carinho dessa viagem. Foi tão bom, irmão, ficar com você aquelas horas, foi tão bom! Desde que vocês foram para o Rio, foram tantos os convites para irmos e só fomos uma vez. Agora, querido, eu me pego planejando a ponte aérea para ir vê-lo. É tão fácil, tão simples, mas você já não está nesta dimensão. E a saudade é tão grande, meu irmão, tão grande! Quero um dia escrever mais sobre você, meu irmão, meu companheiro "Fiat Lux". Agora não consigo, irmão querido.

E para abandonar este posto de observadora, quero falar de protagonistas. De dois fortes times, a aiuruocana Deulza e o ituano Jonas. Times bem armados. No ataque e na defesa. Sempre em campo. O jogo foi jogado. Assumimos o compromisso de uma vida a dois. Não esmorecemos. Não nos omitimos. Aceitamos os desafios. Não fugimos dos revezes. Disputamos árduos campeonatos. Vencemos. Fomos em frente. Crescemos. Amadurecemos. Com dignidade.

Somos companheiros inseparáveis. Formamos uma bela família. Vivemos cercados de amigos e familiares que amamos e nos amam.

Elevamos à categoria do sublime o sentimento que nos une.

Caminhamos,

Que caminhantes somos.

DIFICULDADES

— Nome?

— 301 801…

— Não, minha senhora…

— Ah! Desculpe-me, eu me enganei. É 9141…

— Minha se…

— Ah! Está faltando o dígito, não é? Pode colocar aí, o dígito é… o dígito é 8!

— Senhora…

— Ah! É a senha, é aquela que tem também o asterisco, não é? Desculpe-me, moço, são tantos números que a gente tem que guardar, RG, CPF, telefones, contas bancárias, a senha do e-mail, do Orkut, do Facebook, de onde se recebe, de onde se paga, a do atendente da empresa que vem revisar os aparelhos, o número…

— AGORA, EU PRECISO RESPIRAR FUNDO! Vamos respirar juntos, minha senhora. Inspire, expire, inspire… Assim! Agora, fique bem calma e pense no primeiro documento da sua vida. Qual é?

— A certidão de nascimento.

— É isso mesmo. E lá, o que vem registrado?

— O meu nome, claro.

— Iiiisso! É o seu nome que eu preciso digitar aqui. A senhora se lembra?

— Ô moço, como eu não me lembraria? Meu nome é Ana Letícia da Luz.

JOÃO

João,
Palha,
Fumo,
Cinza,
João!

João,
Homem de cócoras,
Com competência
E equilíbrio.

João,
Raciocínio brilhante,
Tortuoso,
Agudo,
Profundo.

João: "Mato é coisa bonita, né?"

João,
Sorriso rasgado
Ao nos ver chegar,
E ao brincar com os netos.
(Que alegria ver aquele sorriso!)

João,
carinho,
amor,
afeto,
antítese,
metáfora,
metonímia,
paradoxo,
hipérbole...
João!

João,
Copos,
Cerveja,
Vinho,
Champanhe vez ou outra!
Conversa,
Dança,
Ginástica,
Equilíbrio.

Ou tentativa...

Histórias e mais histórias,
riso,
risada,
gargalhadas.

O magnetismo pessoal
Centralizando a atenção de todos.
João!

São José do Rio Pardo.
Estrelas,
Céu aberto,
Torres da matriz
Em conversa com o infinito.

São José do Rio Pardo!

Uma varanda,
Cadeiras,
Vinho,
Conversa.

As horas passando, 1980 chegando...

Foi o último!

Ah! João Ratti, meu querido sogro,
Preciso te dizer
Que me senti
Profundamente órfã
Neste *réveillon* de 1981.

E como foi dolorido!

1º/01/1981

E mal sabia eu que no próximo – 1982 – eu estaria órfã de todo. Meu sogro faleceu em 6 de janeiro de 1980; meu pai, em 27/12/1981. Do mesmo jeito, caíram mortos.

MEMÓRIAS DE UM SANATÓRIO

Memórias de um sanatório é um livro corajoso. Seu autor, João Daudt de Oliveira Neto, em narrativa pungente, abre a alma para contar a longa trajetória de sua doença mental, que perdurou por um grande período de sua vida.

Com sensibilidade e clareza, o autor relata suas dores que começaram aos quatro anos de idade, quando se vê arrancado de casa para viver com os avós enquanto o pai se trata no exterior.

Passando a viver longe dos pais e do irmão, em um ambiente austero e inflexível, ele desenvolve medos que se transformam em fantasmas, que, aos poucos, tiram dele o sentido de realidade.

Quando adolescente, é atormentado por imagens agressivas e obsessões hediondas constantemente.

Aprisionado nesse mundo de sombras, ele enfrenta os percalços da escolaridade e a explosão da energia sexual, tendo consciência de que é diferente de seus amigos.

A princípio, sua doença é confundida com indolência e falta de responsabilidade. Mas as alucinações e a opressão da ansiedade obrigam os pais a procurarem um tratamento.

O autor leva consigo o seu leitor, que, atraído por sua narrativa fluente e sóbria, percorre consultórios médicos, assiste aos efeitos dos medicamentos e fica sem fôlego com a aplicação de choques, mas não desiste da leitura. O livro prende e estimula.

"Perdi a luta contra a loucura, não era mais dono da minha vontade. A mente explodira como uma bomba, espalhando pedaços por todos os lados, dividindo-me em pedaços fragmentados que não poderiam mais ser juntados em nenhuma idade", relata o autor a certa altura. A frase atordoa como pancada, mas já o sabemos livre da doença, pois ali estamos a ler o seu livro. A pergunta que se impõe é outra. É o "como"?

O seu relato é doloroso e dolorido. Ele nos conta que seu desespero é tão grande, sua confusão mental tão avassaladora que ele se sente incapaz de sair à rua com sua aparência natural. Seu mundo psíquico é tão opressivo que precisa escondê-lo e esconder-se. Chega ao desatino de usar disfarces para sair à rua. Coloca sobre a face a máscara negra que ele mesmo prepara, corta os cabelos de maneira extravagante e só assim se sente preparado para enfrentar o mundo lá fora.

Os amigos o acompanham com respeito e carinho. E João, mesmo mergulhado no mais pavoroso redemoinho de visões tenebrosas, reconhece este aconchego afetuoso e o valoriza.

Lendo-o, nós o vemos cortar-se, dilacerar-se, agredir-se, arrancar sangue do peito e do rosto, efetuar fugas desesperadas, buscando esconder-se de seus monstros psíquicos, que o confundem totalmente.

O leitor se conecta ao texto, enternecido e curioso. E a pergunta se repete: "Como"? Como ele se libertou dessa tortura?

O autor João nos ajuda a acompanhar o paciente João. Ele conta a sua dor, mas não há pieguismo nem lamentações no seu narrar. Ele assume seus problemas e jamais espalha acusações ou impõe culpas a terceiros.

A escrita é sóbria, elegante e gentil. Mergulhado no seu mundo de sombras, aquele ser em sofrimento, mesmo profundamente debilitado, é uma pessoa capaz de projetar a luz. Ele a projeta nos pais, reconhecendo seu amor e dedicação. Projeta-a nos amigos, inebriando-se com sua solidariedade. Projeta-a nos profissionais que o atendem, reconhecendo-lhes a eficiência e humanidade.

Caminhamos com ele ao longo dessas páginas memoráveis e ele vai nos dando as respostas.

Além do amor que o cerca e de todos os tratamentos já enumerados, no consultório da psicanalista Dra. Inaura Carneiro Leão, João descobre a grande ferramenta do ser humano – a palavra. Ele escreve: "Compreendi que a Psicanálise se traduzia como a terapia da palavra".

Quando passou a confiar na psicanalista, deixou de sentir medo de relatar suas experiências psíquicas e concordou em refletir sobre elas. Aquele mundo tenebroso foi sendo desmontado e a corrente se arrebentou elo por elo.

Libertou-se. A sociedade ganhou um ser humano de especial valor, um ser humano primoroso. E eu, sua leitora, convido-o, João, a permanecer na experiência da escrita. Empreste seu potente imaginário à nossa literatura. Ela merece!

À ficção, moço, você escreve muito bem!

SARAU JUNINO

Para Dra. Aída Schwab, com carinho.

Sarau literário... festa junina...
Sarau lembra o prazer da leitura,
A emoção de partilhar
A beleza do conluio das palavras
Em obra de arte transformado...

Festa junina lembra alegria,
Fé, folguedo, faceirice, comida,
Fogueira que aquece o corpo,
Música que acende os corações...

Festa junina evoca os santos
Da tradição católica:
Santo Antônio,
São João,
São Pedro.

Sarau literário... festa junina...
Remetem ambos ao prazer e à alegria,
Evocam convívio,
Relacionamento,
Convivência prazerosa...

E um sarau junino, a que se propõe?

Estamos em dificuldade!
Para dançar tão intrincada quadrilha...

Oficina de Psicanálise Lacaniana que deseja
fundar
Um Centro Cultural, uma Biblioteca,
Estabelecer muitas parcerias,
Ter consultórios cheios de pacientes, agentes,
sujeitos e objetos...
(Perdão, objeto nunca... sempre sujeito!)

Na direção deste arraial,
Comadre Aída
Nunca sossega!
Pede trabalho, criatividade,
Casamentos.
— Ai, meu Santo Antônio!!!

O jeito é vestir a camisa
E, mineiramente, chamar os santos
Pra um pé de ouvido,
Uma conversa escondida:
— Meu Santo Antônio!
— Meu São João!
— Meu São Pedro!

Piedade de nós!
Ajuda é o que pedimos,
Santinhos, por favor!!!

No *tour* desta quadrilha,
Entre um *en avant* e um *en arrière*
– que se transformou no nosso anarriê –
Nos deem a prosperidade necessária:
Muita sabedoria e muito amor
Nos consultórios cheios, meu São João!
Muita felicidade nos "casamentos"
Que fizermos, meu poderoso Santo Antônio,
Para a fundação efetiva do Centro Cultural.
E, São Pedro, o senhor
Que é o fundador,
O patrono da chave,
O colocador da pedra fundamental...
Ilumine este livro,
Que desejo seja a peça fundadora
Da nossa almejada Biblioteca.

Santo Antônio,
São João,
São Pedro,
Sua bênção,
Santos nossos,
Santos do coração dos brasileiros...
Proteção nós lhes pedimos

Sobre este empreendimento, feito de um
tudo
De amor e dedicação
— e com tamanha competência —
Meus santos,
Que sua ajuda
Só vai acrescentar… a seus próprios currícu-
los…
Que aqui a vitória ocorrerá, com certeza!

E assim ficou desvendado
Todo aquele antigo mistério:
"Sarau Junino"
A que se propõe?

A juntar dois times tão eficientes, meu povo!

FLORES

Em um gelado sábado de junho, final dos anos 60, cheguei a São Paulo para encontrar-me com Jonas, ainda namorados. Da rodoviária, ele levou-me à Floricultura do Largo do Arouche. O proprietário nos atendeu sorridente. Com a loja vazia, ele dedicou-se a nós, cheio de atenções.

Louca por flores como sou, comecei a fazer perguntas e ele se animou. Respondia-me com entusiasmo. Fazia demonstrações. Mostrava quais flores combinam em um único arranjo, quais não admitem acompanhamento e reinam sozinhas em enfeites majestosos. Explicou tudo, compôs ramalhetes, buquês, apresentou fotos esplêndidas e eu não me calava, queria saber mais. Ele me atendia com dedicação. A garoa da manhã privilegiava nossa visita. A praça deserta, a calçada vazia, nenhum freguês chegava à loja.

Freguês? Instantaneamente, nos demos conta: não éramos compradores, estávamos ali a passeio. Jonas me levara por um agrado, apenas para apreciar as flores, um momento de ócio, de beleza, cores e perfume. Mas tínhamos à nossa frente um comerciante ávido por um bom negócio.

A ficha foi caindo, a percepção atingiu a ambos concomitantemente. Nossas mãos dispararam os sinais nervosos do reconhecimento. Óbvio!!! Para ele, éramos noivos em busca de orçamento para as núpcias. Um casal jovem elegantemente vestido para suportar o frio rigoroso. Era evidente que compúnhamos o quadro perfeito do consumidor habitual.

Acabou-se o encanto. Calei-me, fiquei tomada de uma paralisia promovida por intenso remorso. O senhor ia e vinha, nervoso. Circulava, pegava um talão, estendia-o em nossa direção, sugerindo a encomenda. Silêncio. Tensão. Mal-estar. Total falta de alternativas para ambas as partes. Ninguém entrava, embora eu olhasse avidamente para a porta em busca de ajuda. Nossas mãos se apertavam cada vez mais. O senhor desaparecia uns instantes, depois voltava, não se aquietava, nada dizia.

Senti Jonas soltar a minha mão e sair andando. Desgrudei os olhos da porta. Acompanhei o seu trajeto e vi um balde cheio de botões de rosa. Vermelhos. Eu não me enganei. Jonas pegou um botão. Imponente, ofereceu-me a prenda, enquanto fazia uma solene declaração de amor, em grego. E, decidido, perguntou:

– Quanto é?

O senhor vociferou o preço. Jonas pagou e... pinote.

Mergulhados em um riso nervoso, atravessamos o largo, ainda envoltos pelo aroma das flores. Ao longo do dia e até no teatro, enquanto víamos *À Flor da Pele*, rememorávamos a armadilha em que

caímos – montada exclusivamente pelo entusiasmo de minhas perguntas, segundo Jonas.
— Era só um passeinho. Precisava perguntar tanto?

CARTA A RONALD GOLIAS

Golias,

Um dia você entrou na minha casa com sua graça de criança e suas travessuras cheias de armadilhas.

Era um momento quase sagrado para nós o horário da Família Trapo. Nós nos reuníamos frente à televisão, você surgia com aquele poderoso humor feito de caretas e olhares que só você sabia fazer tão bem. Suas traquinagens com o cunhado, o grande Zeloni, magnetizavam-nos e o riso vinha em cascata para explodir em gargalhadas sonoras, que chegavam a produzir lágrimas. Meu pai ria tanto de você que chorava. Ele se debulhava por suas peripécias e nós ficávamos na dúvida de quem estávamos rindo mais, se de você na tela ou se, de fato, ríamos dele ao nosso lado, sufocando-se por sua causa.

Assim se passou a nossa adolescência inteira, acompanhando-o. Nossa família interagindo com a "sua". Também nos sentamos com você e Manuel da Nóbrega, na "Praça da Alegria", por longo período. Foram momentos inesquecíveis aqueles!

Depois você sumiu da minha casa, Golias, por muito tempo.

Mas uma tarde, passando em frente à TV ligada, lá estava você, de novo, dando o ar da sua graça, entrando em minha casa, agora já na minha casa de adulta.

Você chegou semeando juventude e aconchego.

Lá estava você, com seu humor ingênuo e gostoso como um copo de água fresca em uma tarde de verão. Lá estava você, com seu gestual tão familiar. E cá estava eu, tão necessitada de bom humor. Fui entrando de novo na atmosfera leve, agradável que você espalhava. Pude apreciar a graça feita com alegria verdadeira por um humorista que nunca precisou ofender a inteligência de ninguém nem violentar o telespectador com grosserias e violência para fazer rir. O seu humor era agudo, mas gentil e inteligente.

E eu fiquei feliz por tê-lo novamente na minha intimidade familiar. Você me trouxe um conforto antigo, que há muito eu não sentia. Eu havia mudado tanto, mas você era o mesmo generoso artista da risada que voltava. Uma felicidade tão inocente invadiu meu coração, Golias, que me perguntei como eu não me dera conta da falta que seus gracejos me faziam, como eu não me revoltara com a sua ausência e por que eu não fora buscá-lo na grade da programação. Não repare, eu sou assim mesmo, muito dispersiva.

O bom era que você estava ali na minha frente e eu me sentei, quieta, para apreciá-lo.

Passei a vê-lo algumas vezes e, agora no final, assistia à "A Praça é Nossa" e sentia raro prazer ao vê-lo atuar com seu jeito flutuante de andar.

Sua morte pegou-nos a todos de surpresa. Você ventilava ainda a infância e a juventude.

Chocou-nos, entristeceu-nos e ficamos tão pobres, Golias! Nosso país, tão alegre e irreverente, perdeu muito. Nosso cenário ficou muito pesado.

Entretanto, fiquei feliz pelas notícias que os jornais deram a respeito do homem, o outro lado, fora da atuação. O cidadão Ronald Golias não me decepcionou. Ele era realmente a pessoa gentil, atenciosa e correta que eu sempre compusera no meu imaginário de fã incondicional.

Perdemos uma criatura em quem podíamos acreditar. Um homem público confiável!

Agradeço a Deus por você ter partido como partiu: ainda na ativa, sem ter ficado longe de seu público por longo tempo, por não ter sofrido anos a fio e por ter tido, até o final, o conforto de suas duas famílias, a afetiva e a televisiva, e ainda de todos aqueles fãs que o amam tanto, porque você soube preservar a admiração e a amizade que lhe dedicaram.

Como despedida, quero lhe dizer, Golias: você sabe como temos artistas talentosos no Brasil. Pessoas que amam e honram o seu fazer artístico. São muitas. Por isso, o nosso cenário continua iluminado, apesar da sua falta. Mas você era uma estrela e tanto! E eu quero atribuir-lhe um título. Quero que você se considere o símbolo da nossa classe artística. Era principalmente isso que queria lhe dizer. E sei que nenhum indivíduo da classe reclamará de minha eleição. Com certeza, cada artista brasileiro sentir-se-á honrado em ser representado por você.

E tenho um pedido: estamos precisando de atenção e cuidados. Estamos sofrendo grandes decepções por aqui, neste fatídico ano de 2005. Então, peço-lhe uma reunião: encontre brasileiros honestos por aí, forme um grupo de emanações boas, um grupo de proteção, um grupo que en-

vie luz sobre o Brasil, para dar uma força para nós aqui. Estamos precisando de homens em quem acreditar. O Brasil precisa, nossos jovens precisam, todos precisamos! Faça isso por nós, por favor.

Saudades, Golias, muitas saudades eu sinto da sua alegria e da leveza do seu jeito pueril de fazer humor.

Abraço saudoso,
Deulza

O ADOLESCENTE

Ele estava ali todo atrapalhado.//
Sentia vergonha de existir — isso era visível no seu desordenamento. Mal conseguia manter-se de pé, o corpo frágil e desengonçado exposto ao olhar de todos.

Às vezes, dava a impressão que iria desmantelar-se. Desajeitado, frágil, esguio, com as partes parecendo maiores que o todo, ele parecia encolher-se para não ser visto.

Mas como não olhar para ele, como desviar os olhos, se ele estava magnífico? Como não se encantar com seus dois cachos impecáveis, de uma perfeição celestial?

Ah! Como estava esplendoroso, no seu assombro juvenil, aquele ipê roxo da rua Turiassú*, em sua precoce e deslumbrante primeira florada!!!

---

* A rua foi denominada Turiassú pela Resolução nº 257, de 1923, adotando a grafia do Tupi antigo, do século XVIII. A

DELEITE

Estávamos em Águas de São Pedro, no hotel da D. Júlia, uma calorosa anfitriã que oferecia aconchego e deliciosa comida caseira aos seus hóspedes. Havia ali uma varanda. Muito escura para meu gosto, mas abrigo perfeito contra o frio das tardes de julho. Ali se reuniam as senhorinhas para a leitura, o crochê, o tricô, a conversa.

Um dia, íamos sair e fui buscar minha sogra na varanda. Quando cheguei, surpreendi-a numa atitude inusitada. De ordinário tão quietinha, ela falava com todas as senhoras à sua volta. Percebi que tinha algo nas mãos. As outras se abaixavam para ver. Sorriam, comentavam, olhavam novamente. Nem me aproximei. Não quis interromper. Pensei que ela estava mostrando uma peça de tricô ou crochê, pois tecia verdadeiras rendas com suas mãos de fada. Retirei-me e só depois tomei conhecimento do que se tratava. Ela me mostrou um álbum. Vendo-o, entendi a causa de seu entusiasmo e alegria. Ali estavam todos os seus netos. A começar por duas graciosas fotos de Vanessa, vestida de tirolesa. Depois, vinham Andréa, Álvaro, Ana Teresa, Fabiana,

---

mesma grafia é reconhecida pelo prof. Francisco da Silveira Bueno em seu livro "Vocabulário Tupi-Guarani Português".

Ricardo e Helena, a caçula. Lucas não havia nascido ainda. Fiquei de queixo caído com a seleção que ela montara. Todos lindos, em poses especiais.

Esse álbum, acrescido de outras fotos, sempre a acompanhou em nossas viagens. Nunca mais a surpreendi na mesma cena, mas acredito que ela o tenha exibido outras vezes. Os netos eram seu tesouro.

Era sábado, fazia frio. Andréa e Fabiana brincavam com suas bonecas, enquanto eu, Jonas e D. Maria Thereza líamos o jornal na sala.

As meninas andavam pelo apartamento, conversavam, vivenciando a história que se desenrolava na cumplicidade de seus 9 e 8 anos. Em dado momento, envolveram a avó. Ela se foi com as netas e nós continuamos a leitura.

Minha sogra não voltou e elas não trançavam mais pela casa. Passando pelo corredor, vi a porta fechada e nenhum alvoroço lá dentro. Aquilo me intrigou. Normalmente, as brincadeiras com a avó eram alegres, ruidosas.

Que silêncio seria aquele?

Depois de um tempo, voltei ao corredor e, permanecendo o silêncio, bati na porta. Abri-a e vi minha sogra quieta, durinha, toda compenetrada, sentada aos pés da cama do beliche. Curiosa, perguntei:

— D. Maria Thereza, o que a senhora está fazendo aí tão quietinha?

—Viajando de navio.

Olhei para cima e lá estavam minhas crianças muito sérias, com as perninhas enfiadas nos vãos da grade da cama superior. Solenes comandantes da embarcação.

— Ah! Entendi. A senhora ganhou a viagem do Eugêncio C., no Madre Alix, na festa da Pipoca, não foi?

Em uníssono, as três confirmaram com a cabeça, o olhar no horizonte, lembrando-me de que eu deveria sair, não deveria interferir em viagem tão encantada.

Uma vez, alugamos uma casa em Boiçucanga para passar o réveillon. Não fomos ao local. O proprietário mostrou fotos e assinamos o contrato. Quando cheguei, entrei num buraco negro. A casa era boa, bem situada, mas a cozinha era um fracasso. Totalmente desaparelhada. Havia um mínimo e rude instrumental para se preparar uma boa refeição, item primordial na nossa família. Lá chegamos preparados para uma temporada de soberbas degustações.

Para o Jonas, passagem de ano sem leitoa assada e um bom vinho, nem pensar. À medida que abria gavetas, eu me sentia mais chocada. Fui parar no fundo do poço com o que vi. Fiquei indignada, mas não podia reclamar. Confiamos! Não havia sequer uma faca de corte. Como preparar aquela leitoa?

Pois minha sogra não se apertou. Com aquelas faquinhas de mesa, totalmente sem corte, ela se debruçou amorosamente sobre a leitoa. Limpou-a meticulosamente, com a paciência e dedicação que só ela possuía, condimentou-a e ofereceu-nos uma inesquecível ceia. Deleite puro. Ela salvou a tradição familiar, para meu imenso alívio.

Em um domingo de janeiro de 1982, sufocada de dor, eu tentava fazer o almoço. Meu pai morrera no final de dezembro e eu estava um trapo. Arrastava-me para executar o menor gesto.

Escutei uma algazarra na sala e fui ver o que era. Lá chegando, meu coração sofreu um atropelo. Pulou da dor para a ternura na hora. Em lágrimas, fiquei admirando a cena: minha sogra, sentada no sofá, suportava nos ombros o peso das duas netas. E elas, na maior diversão, colocavam bobes na avó. Cada uma puxava-a para o seu lado, como se ela fosse uma boneca de pano.

Meu primeiro ímpeto foi chamar a atenção das meninas. Mas a serenidade de D. Maria Thereza me desarmou. Submetida àquela pressão toda, ela ria, interagia com as netas e ainda lia, de vez em quando, a revista que tinha nas mãos. Ninguém percebeu minha presença. Uma farra e tanto!

Agradecida, voltei para o meu fogão e consegui fazer o almoço.

Que bênção para minhas filhas a presença da avó. Permaneciam distantes do sofrimento da mãe.

Ah! Minha sogra, o companheirismo! A compreensão da dor do outro. Um bálsamo.

D. Maria Thereza, a nossa intimidade, os inúmeros momentos de compartilhada alegria constituem um acervo para mim. Guardo-os no fundo do coração. Uma tecedura espiritual de grande magnitude, amada sogra. É nossa herança de luz e amor. Apesar de nossas dores, de nossas fragilidades e de toda nossa contingência humana, pudemos, juntas, entrelaçar os fios, montar este mosaico. É invisível, impalpável. Mas indestrutível, minha querida.

BUSCA

Veridiana pensou na vida e o filme disparou
em sua memória...

O desalento
  o desamparo
    o desamor
      a desesperança
        o desatino
          o desassossego
            a descrença
              o desconsolo
                o desequilíbrio
                  o desvio
                    a ilusão
                      o desvario
                        o desdém
                        o desaforo
                      a desdita
                      o descalabro
                      a discórdia
                      a desarmonia
                      a desordem
                      o desleixo
                      o desligamento
                      a destituição
                      a decepção
                      o desnorteamento

a desgraça
o pecado
a marca
a mancha
a nódoa
o deboche
o descaso
o desacato
o desabrigo
o inóspito
a hostilidade
a infantilidade
o ceticismo
a iconoclastia
a acusação
a aberração
a afronta
a injustiça
o apego
a possessão
a pressão
a repressão
o desrespeito
a castração
a dominação
a anulação
o desastre
o revés
a fatalidade
a desarticulação

a petulância
a inquietação
a arrogância
a ameaça
a inveja
a cobiça
a brutalidade
a incompetência
o incômodo
o receio
o medo
a censura
o preço
a descida
o poço
a incógnita
o paradoxo
a lágrima
o choro
o pranto
a saudade
a nostalgia
a infelicidade
o terror
o desconhecido
o desconexo
o contraste
a dúvida
o transtorno
a divergência
a hipocrisia

a intriga
a desconfiança
a treva
a quebra
a indelicadeza
a grosseria
a pose
o ímpeto
o insuportável
a inclemência
a crueldade
a solidão
a tortura
a estagnação
a omissão
o autoritarismo
a utopia
a desesperança
a mentira
a semente
a verdade
a vida
a morte
Deus
o perdão
a realidade
a gratidão
o espírito
a sabedoria
a contemplação...

... e agora a esperança longínqua que lhe fora apresentada há pouco... a semente da alegria começando a querer brincar no seu coração... o sentimento de gratidão experimentando a vontade de manifestar-se...

ELVIRA

Elvira vira aquela página, permanece um instante pensando em tudo que já vira e se propõe a sonhar com aquilo que virá.

ANIVERSÁRIO

O apartamento ficou cheio, como sempre. Recebi fortes abraços. Ternos. Demorados. Sem palavras. Não havia possibilidade de manifestação alegre. Nem de expressar um desejo de felicidade. As flores brancas espalharam-se pela casa. Um peso no ar. Impossibilidade total dos arroubos de outras festas na "República do Leblon". A MPB soava límpida na vitrola. Não houve competição. Nenhuma interferência. Nenhum discurso, nenhuma argumentação acalorada nos costumeiros moldes das Arcadas. A voz humana soou o mínimo necessário. E, por dever de ofício, cantou-se Parabéns a Você. Sem ânimo, sem alegria. E nem houve brigas ou reclamações quando, muito antes do tempo habitual, soou o Canto Gregoriano – o sinal de dispersar. Todos se despediram. Saíram juntos. Excepcionalmente. Ninguém pediu "a última". Ninguém precisou ser empurrado para dentro do elevador. Tristeza. Consternação. Naquele 27 de outubro de 1975, foi impossível consolidar uma comemoração. Estávamos todos de luto. Por Vladimir Herzog.

CONTO CURTO

Quer tocar o paradoxo?
Dê-me um abraço.

TRANSFORMAÇÃO

*Este texto foi escrito em homenagem
a Júlia Lemmertz.
Ela me inspirou com sua atuação
em "Eu Sei Que Vou Te Amar",
de Arnaldo Jabor.
Obrigada, Júlia, pela emoção
daquela noite, no Teatro Hilton.*

Entra no quarto esbravejando.

*Louca, que mulher louca. Tem sentido? "Responsabi-
lize-se. Perdoe. Perdoe-se." Completamente pirada esta mulher. Aquelas duas me pagam. Tenho vontade de esmurrá-
-las. Uma piada. Acharem que seria bom eu ouvir aquela
mulher. Mulher pirada. Louca. Já, já vou encontrá-las, elas
que me aguardem.*

Abre as portas dos armários, tira todos os cabides com todas as roupas. Espalha tudo. Joga sobre
a cama, sobre os móveis. Joga no chão. Puxa as gavetas. Arranca tudo.

Vai para a frente do espelho. Senta-se no chão
diante dele, dizendo baixo, mas com firmeza:

*Eu vou embora desta casa. Não pactuo mais com isto.
Estou me enxergando claramente. Vejo, sinto o meu desalento, a minha desesperança. Percebo o quanto me sinto
abandonada e consigo delinear o vulcão de dor e de revol-*

ta que esse sentimento de abandono provoca em mim. Você está sendo omisso comigo. Está sendo covarde. Não move um dedo por mim. Você é um desertor. Um desertor moral! É assim que o classifico e por isso vou embora. Acabou, acabou. Eu odeio você, odeio sua passividade, sua fleuma de menino bonzinho e cordato.

Levanta-se. Abre gavetas. Tira tudo, amontoa sobre a cama. Sua carne treme, os soluços explodem no silêncio.

Eu odeio você. Sinto ódio do que você fez comigo, ódio das experiências amargas que me fez viver. Odeio você pelo desamparo a que me relegou. Odeio você pela falta de atenção para comigo. Odeio mesmo. Sinto um ódio que está explodindo dentro de mim. É uma bomba que vai estourar a qualquer momento e provocar uma tremenda cratera à nossa volta.

Olhe esta imagem violentada. É a imagem de uma pessoa que não aguenta mais. Que fisionomia tenho eu! Quanta angústia, meu Deus! Sinto muito ódio. Esse ódio é meu, estou sentindo-o, não posso negar. É um sentimento ruim, péssimo. Nunca pensei ser capaz de sentir por alguém esse sentimento monstruoso, mas eu o sinto agora. Sinto-o e o assumo. Jamais pensei descobrir, surpreender dentro de mim um sentimento tão asqueroso. Mas estou sentindo-o. Ele é tão grande, tão volumoso que me causa mal. Sinto tonturas. Náuseas. Estou sem prumo, sem eixo. Dominada por sentimentos vis. Metida num redemoinho. Sinto-me um cisco, um graveto, uma poeira. Você me ignora como se ignora o pó de um móvel na frente de visitas ines-

peradas. Você me reduziu a reles esferas que gravitam no ar desta morada. Vou continuar? Não, não vou mais.

Anda pelo quarto.

Este homem não luta por mim, não faz um único movimento, não se dedica, não busca um caminho para abrandar o tremendo vácuo que se instalou entre nós. Este momento tenebroso toma conta de mim e eu tenho a sensação de que vou levantar voo e explodir como uma nave espacial sem controle. Lá de cima, vou soltar uma fumaça tóxica, contagiar o Universo para que alguém se dê conta e tome uma providência. Não, não é possível que tudo isso continue e ninguém se dê conta desse desatino. Aliás, é possível, sim. Não posso contar com ninguém. Estou sozinha.

Remexe nas roupas. Volta.

Quero entrar pelo brilho do cristal, abrir uma vereda através dele e atingir um outro lado, descobrir um caminho, procurar um jeito de viver. Longe desta asfixia. Preciso de ar.

Coloca-se frente a uma fotografia.

Odeio você. Não suporto sua omissão e covardia. Não posso perdoá-lo pelo desdém, pelo abandono.

Caminha. Diante de sua imagem furiosa, esmurra a superfície brilhante.

Quero abrir uma ferida, escavar um túnel. Mas esta porta não se abre, não se movimenta essa cortina, eu não vislumbro um palco para o diálogo. E, no entanto, eu preciso conversar. Mas como? Onde? Com quem? O que me resta é focar os meus olhos, é banhar-me no brilho terrificado de meus olhos sofredores. Um raio poderia cair aqui, permear

*minhas duas imagens e abrir uma vereda por onde andar,
por onde caminhar com certa liberdade, sem este peso...
Eu vejo... Chego a ver a cena... A possibilidade... Longínqua, mas presente no meu ser. Aqui. No meu coração.
Eu acredito que pode haver... Mas eu não perdoo, não
posso perdoar. Estou desatinada, num desassossego descomunal... Eu preciso viver assim? Posso arrumar minhas
coisas, empacotar tudo e sair, sem submeter-me a esta violência toda. É autoflagelo este meu estado alucinado. Posso
reconstruir minha vida. Sozinha. Sem culpa. Afinal, fiz
tudo para que esta relação desse certo. Posso romper este
fio que me amarra a tudo que está aqui. Simplesmente
saio de casa, tiro férias, tenho férias vencidas. Faço uma
viagem. Respiro e reinicio a vida. Sozinha. Ainda deve
haver no meu coração um lugarzinho preservado, um mi-
núsculo ponto que não esteja ocupado pelo ódio. A partir
dele, será possível recomeçar. Uma viagem. Para onde? Ah!
Não preciso pensar muito. Espanha. Toledo. Vou para dentro da Catedral e lá quero ficar. Dias inteiros em silêncio,
quieta, anônima, inundando-me de luz, beleza e arte. O
tempo todo em humilde contemplação, recebendo a claridade vazada através dos mosaicos e vitrais. Admirando o
esplendor transparente, quem sabe eu chegasse mais perto
de mim mesma. Quem sabe aquelas cores no tom laranja
me levassem a um apaziguamento? Ao equilíbrio. À quietude. À clareza... E se as cenas do Novo Testamento me
levassem de volta à infância, à inocência, à credulidade?
Ah! Aquele retábulo! Um monumento! Se fosse possível
eu ficar lá, sozinha, no raiar do dia, e pudesse surrupiar*

para mim as primeiras luzes que invadem a abóboda! Uma réstia já aliviaria um pouco a imensa treva que me invade. E, então, imóvel, confiante, eu poderia entregar este pesado turbilhão de pensamentos à Madona da Paz. Pediria a Nossa Senhora que o levasse embora e me desse a Paz. Quem sabe? Pudera eu puxar um fio de esperança. Com ele, faria uma teia, teceria um manto de proteção, movida pela delicadeza da arte dourada e policrômica que a catedral escancara... Uma fresta bastaria.... Quem sabe eu seria influenciada pela grandiosidade ao meu redor? Mas poucas esperanças existem para mim, tão cheia de raiva, de ressentimentos e de tristeza... Não consigo sair deste desespero, deste atormentado estágio a que cheguei. Que raiva!

Levanta-se, experimenta a porta.

Está trancada...

Senta-se novamente, escorregando as costas pela parede.

Não posso me afundar assim. Uma criatura sem esperança e sem sonhos. Preciso voltar. Puxar pela memória, buscar no mármore, no bronze, no alabastro as forças de que preciso para não esmorecer de vez. Quem sabe minhas lembranças voltem? E eu reveja detalhes daquela infinda maravilha do "rococó delirante"? Para sair desta alucinação. Tomar fôlego. Submeter-me à comoção, ao deslumbramento. Mas como? Estou massacrada, não arranco de mim os sentimentos necessários para tanto. E se eu balbuciasse uma oração? Quem sabe eu conseguiria estender a mão e puxar aquela criança que gostava de orar? Ela existe ainda? Ou já morreu? Quem sabe as cenas do calvário produzam este milagre. Eu a encontre e ela venha me ensinar uma reza, um jeito afetuoso de me entregar à Virgem da Paz. Ou me traga, num vento ameno, a lembrança daquela súplica tão querida. Calada há tanto tempo... Como era mesmo? Eu adorava recitá-la, quando menina. Quem sabe o clarão da abóbada rebata esta escuridão e eu a recupere. Fiquei tão brava esta manhã com aquela mulher. "Perdoe-se", "perdoe", "agradeça". Tive vontade de esganá-la. Agradecer o quê? Que tenho eu para agradecer? Entretanto... Se achei que não tinha, naquele momento, agora... Já me emociono com estas simples lembranças. Pálidas, rudes. Míseros fiapos do rico acervo artístico da Catedral de Toledo. Não tenho palavras para traduzir. Tampouco imagens pertinentes. A cabeça não ajuda. Mas o registro emocional existe. O que estou sentindo? É gratidão isto? Bom, se não é, já me parece um convite. Se eu pudesse, permaneceria um dia inteiro na Grande Capela só para guardar com nitidez as nuances das cores ao longo das horas, o reflexo do sol em cada detalhe, de maneira diferente, a cada minuto. A luz da aurora e a do crepúsculo, que sentimentos me trariam? Eu pediria uma graça à Virgem e aos seus anjos. Um jeito de me tornar mais leve, mais... "Ó Jesus, manso e humilde de coração, fazei nosso coração semelhante ao Vosso." A mansidão! Eu sempre me encantei com a mansidão do Cristo! É esta a oração. Ela saiu. Voltou. Eu a recuperei. Neste momento, eu reconheço: meu coração carece de mansidão. Está endurecido, cheio de angústias e tristezas. De sombras, de paradoxos, de aspectos sombriamente tormentosos... Que faço eu, meu Deus, para libertar-me do ódio, do ressentimento, das amarras mentais que me aprisionam há tanto tempo? Olha só. Agora eu respirei um pouco. Pensei em outra coisa. Alcei voo, fiz uma viagem. É uma conquista e tanto. Há quanto tempo não penso em mais nada? Todas estas porcarias me aprisionaram. Meu Deus, eu entrego as masmorras e calabouços mentais que criei para mim, afundando-me nesse sentimento daninho de contínua acusação. Aqui no meu peito não pulsa um coração. Aqui existe um paralelepípedo ardente, que pesa e queima. E estou cansada. Tensa. Rígida. Inflexível. Fixei-me num foco destruidor e fui tragada por ele. Minha vida é feita de estagnação, amarras e paralisias. Não consigo olhar do lado. A mulher falou uma palavra apropriada. Qual era mesmo a palavra? Com tanta raiva, eu nem ouvia direito. Ela falava e eu só queria responder com brutalidade. Meu Deus, se não tenho docilidade, não é por falta de ensinamento. Fui perdendo pelo caminho. Senti-me relegada ao abandono, esqueci os conceitos e usei a razão. Abafei os sentimentos e... Apego. A palavra é apego... Apeguei-me à condenação. Fiz dela o objetivo da minha vida. Ah! Meu Pai, entrego todas as minhas feridas, os machucados, os meus sofrimentos mais íntimos, os mais pérfidos raciocínios de crítica e autocrítica que o meu racional soube engendrar. Eu entrego. Socorrei-me...

Seu corpo desaba em um impacto fulminante.

Depois, fica de joelhos, frente à figura que está em pranto. Olhando bem para ela...

Vamos, Cecília. Com quem você precisa conversar? Consigo própria. Aí está o problema. Você esbraveja, acusa, está no limite, mas e o que está no seu coração? O ódio instalou-se, você permitiu. Isto a sepultou. Você está aí enterrada viva. Abriu sua sepultura. Como quer que ele se aproxime? Você se matou, fugiu da vida, Cecília. Como não se deu conta disto? Os problemas foram surgindo, aquela energia foi envolvendo vocês, o diálogo ficou difícil, depois se extinguiu... A vida conjugal ficou impossível. O que você fez? Está certo, não abandonou a sua família, mas permitiu que o ódio se acumulasse no seu coração. Um ódio silencioso e inconsciente foi chegando, chegando, acumulou-se, cristalizou-se e você não se deu conta, mulher.

Senta-se no chão. Vê a própria imagem coberta de suor e lágrimas. Olha-se, buscando alento, certezas, coragem. Espia a verdade estampada na face e, aos poucos, vê o quanto sua fisionomia mudou. Constata já outro aspecto. Sente-se mais leve, quase serena. Abaixa as armas. Rende-se à figura refletida à frente. Sem angústia, sem desespero.

A senhora de manhã falou... Bem que ela falou... É fácil acusar os outros. Como é fácil viver reclamando do outro. E eu, o que fiz? Em que momento, comecei a odiar? Em que momento da vida, permiti que essa espada venenosa se cravasse no meu peito? Quero desfiar as horas, os minutos para encontrar o momento do contágio, o instante exato da contaminação para apagar esta ferida desde a origem. Quando foi que esta amargura começou a implantar-se dentro de mim? Quando foi que consentimos a instalação dessa poeira tóxica e mortífera que tanto se depositou entre nós, até se transformar nesta montanha intransponível? Eu o odiei todo este tempo. Odiei e queria que ele se aproximasse de mim, fosse carinhoso, fizesse tudo por mim. Como? Eu não deixei, não permiti, envolvida que estou por esta energia.

Olhando-se nos olhos já enxutos.

Cecília, você precisaria ser muito burra, muito ignorante para esperar que ele se aproximasse. Você tem tanta raiva armazenada no coração. Uma energia desastrosa. Amarra. Entorpece. Anestesia. Impede a circulação das coisas boas. Como você queria uma aproximação?

Olha-se mais e mais.

Agora vejo claramente o meu corpo encarcerado. É verdade. Não me dei conta. Encarcerei-me. Sepultei-me viva. As ilusões, o medo, a crueldade. Tudo isso acumulado em mim e à minha volta. E o resultado está aqui. Transcrito no meu corpo, presente neste ser enjaulado que sou. Aprisionada, prisioneira de mim mesma. Refém destas ilusões trazidas de um tempo que o meu relógio não pode marcar. Que faço eu comigo mesma para recomeçar a viver, depois de tanto tempo entorpecida no embalo de sentimentos e sensações que se apoderaram de mim e reduziram-me a um ser que se acha insignificante, indigno de existir, de viver e ser feliz? Que faço eu para escapar desta teia que eu mesma teci? Que faço eu para escapar desta armadilha? Tão fácil atribuir aos outros! Mas agora a realidade se apresentou. Tenho clareza. Devo mudar o foco, olhar pra dentro. Impossível continuar nesta artilharia. Agora...

Ela se vê como um projeto em vidro, em que tudo é visível, transparente, palpável, a vida inteira ali presente, pulsante. Ela vê tudo. Ausculta-se e conclui:

Como anestesiei, bloqueei, rejeitei minhas energias femininas. Dirigido ao outro — ao masculino — este sentimento horrível, na verdade, atuou no feminino. Sempre atuante, resultou na minha prisão. Destruiu minha feminilidade. Enrijeceu meus bons e delicados sentimentos femininos. Sou uma exilada. Uma degredada dentro de meu corpo encarcerado.

Levanta-se. Põe-se a recolocar as roupas no lugar. Pendura cabides, dobra as peças espalhadas, pega sachês que rolaram pelo chão. Sua. Treme. Toda a sua carne dói. Os órgãos pulsam, percebe cada víscera. Sente a respiração presa. Vai morrer sufocada em instantes se algo não acontecer. Respira. Busca forças.

Onde buscarei alento para reverter esta dinâmica que se instalou em mim? Poderei eu, um dia, vir a respirar com naturalidade? Na-tu-ra-li-da-de. Conseguirei? Viver sem asfixia, sem angústia? Serenamente... Naturalmente... Harmoniosamente. Inserida na perfeita vibração do Universo? Poderei eu, um dia, respirar assim? Fluxo e refluxo, inspiração e expiração, sem pânico, sem medo, entregue aos processos mais naturais da vida? Poderei eu, um dia, julgar-me digna de ser assim tão viva, tão espontânea, tão frágil, tão delicada, tão desprovida de armamentos, uma pessoa tão disponível que pode viver como a água e como as flores? Poderei eu, um dia, soltar todas as minhas tensões mentais, psíquicas e emocionais? E simplesmente ser, simplesmente viver como um leve beija-flor que dança e balança no ar, entregue à brisa que passa? Poderei eu cantar e mover-me como os outros seres vivos? Poderei eu, um dia, não mais carregar o mundo nos ombros, nem trovoadas no pensamento? Poderei eu, algum dia, estar dentro deste meu corpo de maneira feliz e irresponsável, desejando apenas viver e ser alegre? Que mundo criei eu para mim com minhas responsabilidades, aflições e preocupações! E o que conquistei, Deus meu? Senhora minha! O que este meu torturado coração conquistou para si? Será preciso que eu responda? Há necessidade de resposta para esta indagação? Não seria necessária esta resposta, ela é tão óbvia. Mas eu vou respondê-la para ter a coragem de enfrentar este fato de frente. Criei para mim a solidão e o isolamento.

Volta para a frente do espelho e já não sente necessidade de entrar nele e achar um caminho.

Preciso falar comigo mesma, olho no olho, alertar-me, acender a luz sobre mim, focar em mim para que eu me certifique do quanto tenho sido egocêntrica, do quanto me envolvo comigo mesma, com as minhas revoltas e ressentimentos, com a minha amargura. E estou deixando de viver, de desfrutar o calor do sol, a leveza do ar, o brilho das estrelas, o encanto da vida e a minha própria beleza. Sou um ser inteiro, sem defeitos, sem marcas dolorosas ou deprimentes. Tenho saúde. E nunca me dei conta de tais privilégios. Por que viver me mortificando?

Enfrenta o espelho, desejosa de enviar-lhe a mensagem perfeita, a lição específica para aquele corpo aprender, o ritmo correto para a mente captar, o princípio que deseja ensinar ao seu coração.

É dentro de mim que está a questão. Ódio, conflito, desentendimento. Incapacidade de perdoar, de amar e de interagir. Ressentimento, mágoa, tristeza. O inconsciente já preenchido e ainda aberto para armazenar mais e mais sentimentos negativos. Amargor, amargura, tristeza, medo, crueldade e aquela implacável sensação de insignificância humana, uma infinita fragilidade destruidora.

Refletido no espelho, um raio de sol lhe ofusca a visão e ela se decodifica por inteiro:

A verdade é que me meti a viver com a minha própria força. As minhas crenças ficaram esquecidas. Misericórdia!

Volta a guardar as coisas. Coloca ordem no quarto. Reorganiza a disposição dos cabides. As peças miúdas nas gavetas. Cada coisa no seu devido lugar.

Depois de tudo pronto, volta ao espelho. Agora dança. Leve e festiva.

Deve ser este o sentimento de nascer de novo.

Espreguiça, boceja, rodopia. Reabre uma gaveta. Procura uma peça. Puxa a combinação vermelha de cetim e renda de que ele tanto gosta…

CELULAR

— Alô, amor, não me espere para almoçar, estou num congestionamento aqui na 23 de Maio, está tudo parado, não anda, não...

Enquanto ele fala, ela ouve todos os ruídos do congestionamento: o freio dos carros no farol do cruzamento, barulho de louça e talheres, pessoas pedindo cafezinho, as brincadeiras sobre futebol rolando no balcão da padaria. Ela consegue até sentir o cheiro de pão quentinho...

— Não se preocupe, querido, fique calmo, não se irrite aí no seu congestionamento, viu? Eu almoço com as crianças, à noite nos vemos.

— Ótimo. Um beijo, até...

— Até...

Êta aparelhinho bom! Transmite mensagens mais que perfeitas.

PARA IRMA

Um dia,
Surgiste ao meu lado.
Tomaste-me pela mão.
"Vem comigo,
Vou mostrar-te um mundo rico
Cheio de detalhes
E surpresas."

Carregaste-me nos braços,
Em momentos
Tão dolorosos
Quanto solitários.

Estavas sempre ali,
Tão perto,
Ao alcance da mão
E da voz.

Estavas sempre ali
Para um abraço,
Um incentivo.

Tu te tornaste
A minha companheira.
O ouvido e o consolo
Para as dores do existir.

Os anos passaram.

Outra pessoa surgiu em mim.
Foste a estrela-guia,
O farol no mar agitado.

Um dia,
Sem nenhum aviso,
Tu te colocaste em silêncio,
Levada por uma grande dor.

Tão dilacerante,
Tão pavorosa
Que desististe.

Partiste para aquele mundo
Sem amarras
E sem desilusões.

... Eu vi duas meninas vestidas de branco,
Lindos vestidos brancos de organdi.
Saíram da Catedral de Ilhéus
E foram para a escadaria.
Começaram a descer
Em alegre brincadeira,
Numa dança de vai e vem.
Voltavam um pé para o degrau anterior,

Rodavam com graça e delicadeza,
Pulavam com os dois pés para o degrau seguinte.
Dia de sol
Céu azul
A felicidade bailando nos vestidos rodados.
Tão intensa a alegria
Que de repente me dei conta:
A menina maior era Irma
Eu era a menor.
A dança continuou
Na sua magia,
Com suavidade e contentamento.
Sim, a alegria era o sentimento presente ali.
Mas acordei.
Trêmula,
Sobressaltada.
Confusa, quis me situar.
Onde estava?
Que dia era aquele?
Eu estava em Porto Seguro, em 17 de julho
de 1984.
Terminadas as férias, voltamos para São Paulo.
Naquele dia,
Naquele horário,
Minha querida Irma havia falecido.
Escrevi para ela o poema acima
E mais não fiz.
Eu que escrevo sobre tudo,

Registro tudo que ocorre na minha vida!...
A dor, a comoção, sempre presentes, impe-
dem-me de escrever.
Dra. Irma Freire Olaszek,
Minha amiga argentina,
Minha médica homeopata.
Inúmeros fatos comoventes
Histórias de cura e superação
Buscas de equilíbrio
E de harmonia.

Estupor,
Vontade,
Incapacidade.
Frágeis embarcações
Para uma viagem
Tão necessária
Quanto improvável.

Como expressar
O respeito,
A gratidão,
A dívida de uma vida
Para com as mãos salvadoras?

Peço ajuda às nossas águas do Iguaçu
Na beleza de sua profusão e transparência
Às eficientes abelhas

Na arquitetura perfeita e apurada
Das refinadas paredes
De suas colmeias.
Aos beija-flores
Na delicada distribuição da vida
Com a surpreendente parada no ar...
Eu peço ajuda
Mas as palavras não se comovem,
Não obedecem,
Não perfuram
A masmorra intacta da minha dor.
Meu peito trava.

Passados trinta anos da morte de minha médica e grande amiga, sinto dificuldade em escrever sobre ela, em relatar fatos vivenciados por nós duas durante os dez anos em que fui sua paciente. Em 1974, ocorreu na minha vida uma especial sincronia. Ao mesmo tempo, com diferença de dias, entrei em contato com a Homeopatia e com a Seicho-No-Ie. Enquanto Dra. Irma me pegava pela mão e me colocava sob seus cuidados, pela outra mão, outra vizinha, D. Assunta Tognocchi, conduzia-me à Seicho-No-Ie. Concomitantemente entrei em contato com esses dois ensinamentos humanitários, formulados por dois grandes homens preocupados com a dor humana. Samuel Hahnemann, na Alemanha, em 1796, fundou a Homeopatia, tratamento médico baseado no princípio dos semelhantes. Usa substâncias naturais que causam sintomas "semelhantes" aos da doença a ser tratada. Estas estimulam o organismo a reagir contra a enfermidade. Masaharu Taniguchi, no Japão, em 1930, fundou a Seicho-No-Ie, Filosofia de Vida, sem sectarismo religioso, que estuda as grandes religiões. Um ensinamento que leva o ser humano a voltar-se para a sua essência de "filho de Deus perfeito". Um ensinamento que prega o amor e o perdão – como o Cristianismo – e acrescenta a gratidão, como prática espiritual tão importante quanto as outras duas. A semelhança entre a Homeopatia e a Seicho-No-Ie ofereceu-me ampla oportunidade para estudar, refletir e comprovar o quanto elas são verdadeiras. No consultório de Dra. Irma, pude comprovar, na prática, a verdade filosófica pregada pela Seicho-No-Ie. Que bênção, meu Deus, Samuel Hahnemann ter estudado todos aqueles "sintomas" — todas aquelas "ilusões", pela ótica da Seicho-No-Ie — e ter descoberto o "semelhante" que o curava. E aquele "semelhante" agiria no meu corpo físico, ajudando a necessária transformação espiritual preconizada pelo Dr. Taniguchi. O fato de ser uma estudiosa e praticante dos princípios da Seicho-No-Ie me levava a ter clareza sobre como me conduzir na consulta. A escolha certa do medicamento homeopático comprovava a eficiência da Seicho-No-Ie. Consolidava-se, para mim, toda a compreensão filosófica do que representa aquele "sintoma", aquela "ilusão". O segredo de uma consulta homeopática é o indivíduo ser apresentado ao médico "tal como ele é", para a devida escolha do medicamento. O conhecimento dos fundamentos da Doutrina Taniguchi possibilitava que meu tratamento fluísse pronta e naturalmente. Esses dois ensinamentos constituíram-se em dois poderosos lastros sobre os quais me firmei para viver bem e superar os desafios. E a experiência me proporcionava grande alegria. Era sempre uma conquista espiritual alcançada. Depois de muito tentar situar, para o leitor, a Dra. Irma em minha vida, dei-me conta... Sua morte abrupta gerou uma paralisia, fechei meu coração. O luto inconsciente estendeu-se por todos esses trinta anos. Reconheci--o no momento em que escrevi "... as palavras... não perfuram a masmorra intacta da minha dor...". Esse verso levou-me a uma reflexão que não posso omitir. Meu amor pela Dra. Irma deve refletir-se de outro modo. Celebrando sua vida. Agradecendo pelo tempo que nos foi permitida a convivência com ela. Sua VIDA é eterna. Ela apenas mudou de plano. Subiu para um plano mais elevado. Essa dor tão profunda é prejudicial, profundamente danosa. Aprisiona. Paralisa. É uma energia que precisa ser extinta. Esteve lá, silenciosa, profundamente registrada no inconsciente. Neste momento, consigo lembrar-me como foi difícil a sua perda. Eu me endureci, não chorei como choro sempre e tenho chorado nestes dias em que tento escrever sobre ela. Meu coração está mais leve. O luto precisa ser vivido, claro, mas sem apego, com flexibilidade. As lágrimas estão sendo benéficas, abrem o meu coração para acolher o amor incondicional de Deus. E com o coração cheio de amor, apenas lhe digo, Irma querida: muito obrigada por seu amor, pela nobreza do exercício de sua profissão entre nós brasileiros. Obrigada por seu exemplo. Muito obrigada pela professora que você foi para tantos jovens recém-formados que se decidiram pela Homeopatia. Perdoe-me por este engano de uma dor tão prolongada. Aceite meu amor e minha gratidão.

Ouço o canto
de alegres maritacas
Acompanho-lhes o voo
A estridente nuvem verde
Que lembra
A necessidade
De subir bem alto,
Para mudar a frequência,
E refinar a sintonia:
Sair da dor,
da paralisia,
do ressentimento
e entrar na frequência da alegria.
Escapar da sombra e penetrar na luz.

Por sua vida, Irma,
Pelo tempo que nos foi dado
Pela LUZ que recebemos.
Reconheço meu privilégio.
Concomitantemente, fui apresentada
A esses dois ensinamentos
Que me ajudaram
A viver,
A ser alegre
A buscar cotidianamente a felicidade.
Reflexões com um foco no semelhante
O semelhante cura, diz a Homeopatia.
Os semelhantes se atraem, diz a Seicho-No-Ie,
E se refletem como espelhos.

Remetem-nos à semelhança original.

Os dois estudiosos, em diferentes épocas,
Dedicaram seu amor à humanidade,
Desejosos de oferecer ao ser humano
Um estado de vitalidade,
Com equilíbrio biopsíquico-espiritual,
Que o levaria à plenitude.

É nessa frequência que devo permanecer,
Irma querida,
Se desejo lhe prestar esta homenagem.

Você se foi,
É verdade,
Mas você existiu,
Viveu entre nós
E nos ofereceu sua nobreza e eficiência.

É motivo de celebração.
Não de tristeza.

Um médico,
O outro filósofo.
Onde se cruzam suas ideias,
Onde se tocam?

Lá no fundo,
Atingem a lição de Jesus:

"O reino de Deus está dentro de vós."
O que nos sugerem?

A partir de agora,
Minha palavra vira uma prece
Uma oração
Por todos que permaneceram na paralisia.
Abandonar a dúvida,
A incerteza,
O temor a Deus.

Efetivar a escolha:
Abrir o coração,
Aceitar o amor incondicional,
Entregar-se.
Retornar à dinâmica original da VIDA.

LAMENTO

Cristo, que solidão!

Esta minha dor, meu Cristo, não se compara à Vossa, no Horto das Oliveiras.

É claro que a Vossa dor, oh, Pai, na imensa solidão a céu aberto no Campo das Oliveiras, foi muito maior que esta minha.

A minha é muito menor. Não se pode comparar à Vossa, que foi infinita. Mas esta aqui é a minha dor e estou arcando com ela com toda a minha humana fragilidade.

Como dói e como pesa!

A Vossa deve ter sido infindavelmente maior, pois ela foi a dor do Cristo!

Ah! Não! Por isso mesmo! Não, Senhor! A minha é muito maior, pesa mais, dói mais. Vós sois o Cristo e eu apenas um ser atormentado, cheio de lacunas e carências, não detenho a Vossa serenidade. Sou uma frágil mulher, desejosa de consumar sua vida de maneira simples, serena e harmoniosa. Somente isso, nada mais. Precisa ser assim tão dolorosa, tão sofrida, esta conquista, oh, Rei dos reis?

Isso mesmo! Esta minha dor, na verdade, é muito maior que a Vossa, meu Cristo, pois sou uma criatura muito menor e, portanto, mais fraca. Um ser em profundo desalento. Estou sucumbindo.

Peço ajuda!

Não possuo ainda a Vossa plena e inquestionável consciência de Filho de Deus. Estou em busca deste sentimento consciente de minha essência divina. Vós já nascestes com ele! Eu não. Estou a caminho. Enquanto não opero em mim essa transformação, oh, Senhor dos oprimidos, tende piedade, tende piedade.

NÓS

Na penumbra da indecisão,
No apalpar dos sonhos,
Na busca da realização,
Uma palavra brilha no horizonte:

NÓS,
NÓS,
NÓS,
NÓS dois… um só…
NÓS!

Poderemos dizer um dia:
Nós nos amamos
Nós caminhamos juntos
Nós nos identificamos
Nós somos cúmplices
Nesta conquista suada e dolorosa?

Poderemos, um dia, nos ver assim?

Ou apenas veremos, ao longe,
A apagada imagem
De quem queríamos ser
E não conseguimos?

EDUCAÇÃO

Era a primeira visita da namorada do filho. A família aguardou-a com certa ansiedade. Antes, ele nunca trouxera alguém para apresentar aos pais.

Chegaram e ela encantou a todos com sua beleza e alegria. Entretanto, ao sentar-se, a magia se desfez. Imediatamente, ela se acomodou e esticou os pés em direção à mesa de centro, onde os colocou confortavelmente. Ficou muito à vontade.

Instalou-se um visível mal-estar, um silêncio graúdo desceu sobre a sala e ninguém sabia iniciar uma relação agradável. Paralisia total. Asfixia conjugada a intenso suor e a um rubor altamente denunciante!

Mas ela não se deu conta. Continuou tranquila, conversando com o namorado que lhe dava toda a atenção, alheio ao clima familiar.

Como nada ocorria para quebrar aquele assombroso desconforto, o anfitrião tomou a si a tarefa de servir.

E, para fazê-lo, contornou o sofá e passou pela frente da moça, pedindo-lhe licença. Esta o olhou sorridente, encolheu as pernas, deixou-o passar e voltou à posição anterior.

Ele foi trazendo... um copo... um prato... um refrigerante, um item de cada vez e, em todas elas, pedia licença à possível futura nora, que repetia sempre o mesmo movimento.

Com esse ritual, ele acionou a manivela que devolveu gestos à família. Todos começaram a sorrir e a conversar.

Portando-se da mesma forma, ele recebeu os namorados das duas filhas, que chegaram quando a reunião já se desenrolava em perfeita descontração.

Quando os três jovens casais saíram para a balada, ao fechar a porta, a esposa exclamou:

— Obrigada. Você esteve ótimo!

— E você, um fracasso total! Amarelou! Sinto lhe dizer, mas é a verdade!

— Eu não acreditava no que estava vendo. Eu não realizei...

— Nenhuma atitude!!! E o seu tão providencial sentido de emergência? Que vergonha! Logo você, uma especialista em cocô! — provocou ele.

— Ah, não!!! Nenhuma semelhança, por favor!!! Cocô de bebê! Cocô de minhas amadas crianças! É muito diferente, ouviu? Lá na Pediatria, elas são doentes e humildes, algumas muito, muito pobres mesmo, mas só isso!

Ele a abraçou, em gargalhada, dizendo:

— Pois é, como a sua tão famosa presença de espírito não funcionou, eu tive que me mexer. Já pensou que fiasco seria eu deixar você morrer do coração aqui em casa? O que eu iria dizer aos meus colegas do HC?

MOTOCICLETA

Na segunda-feira depois do feriado de Corpus Christi, eu me vi cuidando de duas pacientes em casa. Minha sogra estava com uma crise de vesícula e Cidinha, nossa empregada, com cistite. Situações delicadas. Ambas sentiam dor. Minha preocupação era enorme. Minha sogra estava em tratamento com o Dr. Édson Sugano, nosso médico homeopata. Eu a levara ao consultório na semana anterior. Viajamos e ela esteve bem na viagem. Mas amanhecera muito indisposta. Seu estado inspirava cuidados. Haveria necessidade de cirurgia? Estávamos em ansioso compasso de espera.

Cidinha também amanhecera com dores. Também um caso sério. Uma cistite pode prosperar para uma infecção ascendente com consequências que podem ser funestas. Sua médica, Dra. Sônia Fornazari Pires, estava em um congresso.

Precisei socorrer-me com Dr. Édson. Tinha liberdade para pedir-lhe orientação. Incomodei-o muito naquele dia. Conforme nossas pacientes evoluíam, eu lhe telefonava. Várias vezes, ele trocou seus respectivos medicamentos. A farmácia homeopata era próxima, eu corria, aviava as receitas, voltava, cuidava das duas. O sofrimento delas me deixava aflita, consternada. Queria aliviá-las de toda forma.

Meu cunhado caçula, João Ratti Júnior — o nosso Júnior — também estava em casa. Em uma das minhas passadas pela sala, ele me abordou com seu vozeirão:

— Ô, Deulza, agora me explica uma coisa — puxou-me para sentar-me ao seu lado. Que história é essa de a mamãe andar de motocicleta? Quando é que a mamãe andou na garupa de uma motocicleta numa estrada esburacada, de madrugada? Quando foi isso? Que história é essa? Esclarece isso pra mim.

— Eu não sei disso, Júnior. D. Maria Thereza... de motocicleta?

— Ocê tava falando isso no telefone agora mesmo, que eu escutei...

— Ah!

Comecei a rir. Não conseguia explicar-lhe. Eu ria e ele ficava cada vez mais aflito, nervoso.

— Explica.

Eu não conseguia falar. Sua pressa aumentava, meu riso também.

— Fala pra mim. Explica isso pra mim.

Minha crise de riso prolongou-se por muito tempo e ele insistia:

— Comé que é isso? Fala!

Quando tive um alívio, expliquei:

— É a minha outra paciente, Júnior. Agora eu estava falando sobre a Cidinha, não sobre a sua mãe.

— Ah, bão...

— Estava contando pra Neusa, minha irmã, que a Cidinha foi a uma festa com o irmão e estavam de motocicleta. Você pensou que eu estava falando de D. Maria Thereza?

— Ué, eu tô ouvindo você falar com o médico sobre a mamãe. Toda hora você está no telefone falando dela... ôôô...

Aí ele foi às gargalhadas e não parava mais de rir.

Já era hora do lanche da tarde. Na mesa da cozinha, fizemos uma celebração. Contamos às duas o mal-entendido, as crianças começaram a se divertir com a avó, imaginando a cena, acrescentando os mais extravagantes detalhes, uma diversão e tanto. E, lógico, como consequência, instalou-se a descontração. Passamos o resto da tarde construindo brincadeiras a respeito. Minhas pacientes se tornaram alegres. Seus rostos descontraídos foram me acalmando. Eu estava curvada sob tanta responsabilidade. E o sofrimento delas? Meu coração foi se abrindo com tanta risada pela casa.

Lá pelas tantas, olhei para minha sogra e sua fisionomia me chamou atenção. Ela estava tranquila, tinha um semblante plácido, mas os olhos estavam muito diferentes. Aquilo não era normal. Cheguei bem perto, observei-a. Defini o que me surpreendia. Seus olhos pareciam ter linhas de maquiagem perfeitamente traçadas. Só que, em vez de um delineador preto, a natureza usara uma canetinha vermelha. Saí, dei uma volta pela casa, achando-me pirada, tentando não dar importância àquilo. Depois quis averiguar, aquilo talvez fosse importante. Lutei, relutei. Tomei um copo d'água. Meu costume em situações de dúvida. Talvez, inconscientemente, pedindo ajuda. Água, símbolo de purificação. Enfim, voltei à sua presença e concluí que estava mais acentuada aquela aparência. Entrei em parafuso. Eu deveria falar com o médico? Relatar aquele sintoma? Seria um sintoma? Teria importância? Ou o Dr. Édson acharia que estou louca, que isso é invenção minha, que estou vendo coisas? O relógio marcava 17h45. Daria tempo. Se precisasse, ainda encontraria a farmácia aberta. Ligo, não ligo? Titubeei um pouco, mas o meu contato com a Homeopatia falou mais forte e liguei, mesmo sob severa crítica do meu racional. Falei com ele e não houve surpresa alguma. Pelo contrário, aceitação plena da situação. Ele ditou o nome e a potência do medicamento e me mandou correr para a farmácia. Insistiu para que eu não demorasse e lhe desse imediatamente, assim que voltasse. Essa medicação definiu a situação de minha sogra. Ela melhorou daquela crise e não precisou ser operada.

Aquela motocicleta passou pela casa, trazendo a descontração necessária para que a sabedoria se manifestasse. Tensos como estávamos todos, talvez o efeito não se produzisse. Sem descontrair-se, ela apresentaria aquele sinal? Se apresentasse, eu conseguiria enxergar, refletir sobre ele?

A verdade é que aquela motocicleta nos salvou. Circulou pela casa fazendo barulho, trazendo risos, alegria e solução.

LIVRE

Estou livre...
Sou eu que estou aqui
Com minhas falhas
Fraquezas
Arestas
Pontas
Contornos
E algumas qualidades.

Estou me vendo,
Sentindo-me
Enxergando-me
Podendo trabalhar
Pacificamente
Com minhas tantas energias
Tão contraditórias
Tão paradoxais,
Entretanto, minhas.

Conhecidas,
Amadas e
Até cultivadas.

Chegou a hora do garimpo...
O que presta fica
O lixo vai embora.

Solto-me, sinto-me lassa
Meus poros se abrem
Minhas vísceras relaxam.

Eu solto
Este lixo atômico
Tão explosivo,
Tão dilacerante...

FILME

Já vi este filme!

Que horroroso filme este!

Estou a vê-lo há muitos anos já. Estou a vê-lo, em agonia, com suas cenas estáticas e sua legenda muda, brutal e ácida.

Não aguento mais esta dolorosa estagnação!

Escuta aqui, por favor! Quero contar uma coisa: sabe, o cinema, de mudo já virou falado, de preto e branco já passou a ser em cores. Tantas emoções já nos foram passadas pelo movimento da celulose nas telas que estou achando este atraso que estamos vivendo uma coisa de um anacronismo descomunal.

E esta trilha sonora, provida de notas e arranjos que emanam amargura e amargor o tempo todo, não poderia ser substituída por acordes e harmonias leves e suaves que nos transportassem a um mundo sereno, cheio de ternura, aconchego e entendimento? Não seria bom uma partitura que nos conduzisse a uma dimensão repleta de afinidades e bem-querer?

Poderíamos, não?

Porque este ruído que nos acompanha o tempo todo é algo que desalenta e sufoca!

É. Vamos parar com isto!

Vamos?

Olha, o cinema fez já um século de existência, já caminhou muito, produziu mitos, construiu impérios, forjou diretores magníficos no mundo todo, conquistou efeitos técnicos de uma eficiência de sonho, enfeitou nossas vidas, jogou beleza e magia no espírito de quantos o admiram... E nós aqui... neste marasmo... vivendo uma vida cheia de amarras, empecilhos... e nenhuma comunicação...

Que horror!

Escuta, vamos mudar este filme!

Vamos trocar esta película! Vamos botar uma fita mais dinâmica, mais esperançosa e alegre na nossa maquininha mental, vamos?

FORÇA

Que força é esta,
Tão estranha força
Que devasta e assola,
Quando seu ofício é construir?

Quão demorada
A solução,
Quão difícil
Decifrar
Cada signo...

E a esfinge ameaçando:
– Decifra-me ou te devoro!

Mas a teia vai surgindo,
Vai se completando
Com força
Garra e
Tenacidade...

Um dia teremos
O desenho,
O perfil,
A imagem completada.

A vida libertada…

Teremos?
Teremos!

DESAPONTO

— Bom dia! Você está aí bem tranquila, ainda deitada, não saiu para rever o céu, o mar e o sol de Porto Seguro... Daqui a pouco vai correndo admirar sua querida Nossa Senhora da Pena... Mas eu tenho uma notícia...

— O quê? Fale, não me deixe nervosa, o que aconteceu?

— Não se preocupe tanto, nada que atinja apenas a nós...

— O que foi? Fale depressa, por favor...

— Saí, acabei de ver as manchetes dos jornais. Sabe quem vai ser o vice do Tancredo?

— Não.

— O Sarney.

— Meeeeeu Deeeus!!!!

ROUBO

— Cadê aquelas gardênias deste canteiro?
— Foram cortadas.
— Como?
— O síndico mandou.
— Mas por que destruir um canteiro tão bonito? Elas estavam no lugar perfeito. Sol e sombra na dose certa. Floriam várias vezes por ano, ficavam coroadas de branco...
— Segurança. Elas estavam tampando a vista aqui da guarita.
— Ah!... E aquele perfume? Quem vai me devolver?

OS SONHOS DE CATARINA

Acordo assustada, pela madrugada. O coração bate apressadamente e eu me sinto aniquilada, derrotada.

Aos poucos, vou recuperando a calma e percebo a causa de tamanha aflição.

Sonhei que estava perdida. Um local desconhecido, cheio de pedras íngremes, despenhadeiros e precipícios. Procurava saída.

Caminhei com dificuldade até um local plano, onde a vegetação ficava menos agreste.

Lá, deparei-me com imensa construção. Era a carcaça de um prédio. Estavam prontas as lajes de todos os andares. Uma sólida estrutura feita de ferro e cimento armado.

Absorta, fiquei a olhar para aquela obra magnífica, erguida em local tão impróprio.

Procurava entender a lógica daquela cena inusitada, quando ouvi, atrás de mim, uma voz que dizia:

— Este será um belo e confortável edifício. A você cabe terminá-lo, Catarina...

Olhei em volta, buscando ajuda material e humana. Nada encontrei.

A obra continuava solitária em meio à vegetação agreste e difícil.

Acordei e o meu cansaço é uma coisa espantosamente grande.

Acordo. Respiro fundo. Busco me livrar da angústia e do peso que trago no peito.

Por que estou assim?

A memória me socorre rapidamente: outro sonho.

Neste, eu estava sozinha, sentada em uma cadeira, quando alguém entrou, entregou-me uma volumosa peruca de longos cabelos negros e me disse:

— Esta peça foi feita com cabelos de três pessoas. Você deve desfazê-la, separar os fios de cada pessoa e, com cada feixe, montar uma nova cabeleira.

Impotência foi o sentimento que me visitou neste momento!

Mais um desafio.

Desta vez, sonhei que estava em uma cozinha, sentada de frente para uma pessoa que preparava uma salada de frutas em um grande tabuleiro.

Meticulosamente, ela cortou frutas diversas em cubos bem pequenos. Colocou-os no tabuleiro. Em cima, despejou creme de leite, guaraná, leite condensado, groselha, suco de laranja e mexeu. Mexia, mexia, com muito cuidado, até misturar tudo.

Eu perdia a concentração ao olhar aquela miscelânea.

Depois de um tempo, ela me entregou o tabuleiro e disse:

— Quer atingir seu propósito, Catarina? Separe nestes potinhos cada ingrediente desta salada.

O tabuleiro cresceu diante de mim, os potes se multiplicaram até o infinito. Eu fiquei inerte, sentindo, imensa, a minha fragilidade...

Este me apresentava uma gigantesca estrutura metálica, toda retorcida, situada em local deserto.

Comecei a olhar para aquela geringonça e uma aflição imensa foi tomando conta de mim, pois, só de olhar, eu já previ:

—Vão me encarregar de endireitar essa coisa... Preciso sair correndo.

Aqui estou eu, já livre do pesadelo, mas ciente de que já não suporto mais esta tortura.

Estou em um lugar desconhecido.

O que me surpreende, assusta e choca profundamente é a estagnação deste lugar. Aqui nada muda. Tudo continua do mesmo jeito sempre, absolutamente igual. Não há uma brisa que refresque. Uma estrela que surja nesta abóbada espessa e sufocante. Um raio de sol. Um verde. Uma flor. Nada! Tudo aqui continua cinzento e triste, como sempre. Nenhum sinal que denote alegria. Alegria alguma se sente aqui, pequena que seja a dose. Só aflição e angústia. Amargor e amargura. Rispidez e conflito. Hostilidade e repulsa.

Este é um lugar a que se pode chamar de inóspito. Estou passeando por um lugar inóspito.

Do solo, nunca surge alguma coisa nova. Um broto, uma raiz, algo que revele vida, transformação, movimento... Nada!

Tudo absolutamente igual, sempre. Nenhuma variante! Eu olho, busco, procuro algum traço de mudança, um sinal de crescimento, um foco de transmutação... e nada, nada, nada...

A paisagem é sempre dura, bruta.

Vejo que existem criaturas. Mudas, tristes e ríspidas. Posso perceber pelo gestual.

E há um silêncio que me pesa profundamente. É um silêncio que atordoa. Eu me esforço para obter comunicação. Não consigo. Aqui existe um silêncio torturante e opressor. Ele me atinge como uma bomba, pois não é o silêncio da paz e do recolhimento. Esse silêncio é a expressão mais profunda da revolta e da desilusão. Ele me atormenta qual ruído constante de uma britadeira em meus ouvidos.

Ando vagarosamente, à procura de sinais de vida, relacionamentos, trocas, alguma coisa que se possa chamar de afável, algo a que eu possa me apegar como um consolo. Mas tudo continua imóvel. Imóvel e triste.

Então, atentamente ligada, posso sentir também o ressentimento. Paira aqui uma pesada nuvem de ressentimento.

Surge um vulto perto de mim. Ele passa a me acompanhar. Falo com ele. Ele também fala. Tento conversar, não conversamos. Busco explicações. Em vão. O que eu vejo é a imagem de uma pessoa transtornada, decaída, sem direção...

E eu ando, louca, ao lado desta estampa sem luz e sem rumo...

A raiva toma conta de mim. Ela cresce a cada instante. Vai me tomando, abrangendo-me, circulando por minha corrente sanguínea. E eu só tenho vontade de gritar. Ou melhor, gritar para destruir este mundo tácito e hostil, para desmantelar esta monstruosa, absurda construção de material venenoso e sufocante.

Sinto-me a morrer aos poucos. Minha energia se esvai e ninguém me ajuda. Eu estou sozinha. Não conto com o auxílio de ninguém. Não há partilha. Não há cumplicidade. Estou só e sozinha continuo a caminhar. Embrutecida, desumanizada, um ser animalesco.

E este ser aqui do meu lado nada faz por mim, no meu desespero. Pelo contrário, manifesta uma aflição maior, um desmantelamento superior ao meu. Que situação absurda!

Minha raiva cresce! Aumenta tanto que, por vezes, eu penso ver sua energia negativa a marchar diante de mim. Ela está aqui potente, vibrante! Falta apenas a possibilidade de vê-la materializar-se em sua horrenda forma.

E esta figura tétrica que não me abandona, mas não conversa comigo, está me irritando. Absurdamente!

Olho para ela. Grito. Berro. Insulto-a. Jogo farpas. Desejo irritá-la. Quero uma reação. Busco um movimento. E nada! Tudo continua do mesmo jeito. Ela não se expressa. Não age. Não se impõe. Não se coloca. Não se assume. Não me assume. Apenas se desmorona perante este fantasmagórico local...

Busco em suas feições um traço de compreensão. Um lampejo de mudança em seus olhos. Nunca, nunca um impulso sequer se opera...

Repentinamente, ela se cala. Na sala, um silêncio como nunca ocorrera em nenhuma de suas sessões. O profissional lhe pergunta:

— E você?

— Minha desolação aumenta. Meu cansaço também. Até quando suportarei? Ah! Otávio, esta semana foi demais! Esse sonho foi o pior de todos. Quase morri de tanta tensão! Quando vou me livrar disto? Você não vai me ajudar? Eu vou me libertar? Esta porcaria de análise funciona ou não funciona, Otávio? Seja homem pra me responder honestamente!

Levanta-se. Sai, pisando duro. Bate a porta. E já volta. Entra no mesmo passo. Caminha até ele. Chega bem perto. Abaixa-se. Olho no olho, fala com raiva, o dedo em riste:

— Não pense que abandono o barco. Nem sonhe! Eu não desisto de mim. Da minha libertação.

PAZ

Nada há no mundo,
No cosmo,
No Universo inteiro,
Que substitua a paz
De um coração.

Paz,
Quanto te busquei!

Como quero encontrar-te!

O desatino me assaltou,
A tristeza me invadiu.

Eu me arrastei
E me arrasto ainda...

Não tenho paz no coração,
Nestes meus dias de tortura...

Paz
Paz
Paz
Que os homens te alcancem,
Que as nações te conservem!

VOCÊ NÃO!

Não venha para o meu lado! Nem olhe para mim! Não adianta piscar que não vou me deixar seduzir!

Você não me pega!!! Eu corro, eu me livro, eu escapo de você! Eu não me submeto, eu não a aceito, não senhora, dona

A
M
A
R
G
U
R
A

Fuuuuuuiiii...

SENSAÇÃO

Por que esta sensação assim
De estranho e vazio mal-estar?
Tantos anos vividos,
Tantas experiências sofridas,
Tanta vontade de Ser
E de querer.
De querer
E ser querida...

Quanta brasa,
Quanto gelo
Na palavra
Que queria
Ser vida
E partilha...

Quanta dor no coração
Quantas noites
Não dormidas
Quantos pensamentos insistentes
Perfurando
A escuridão
Da consciência...

Por quê?
Por quê?
Por quê?

Constante a interrogação.

Meu ser deixou de Ser
E passou a ser
Por quê?

Sempre,
Sempre,
Sempre,
Continuamente...

ANACRONISMO

— A senhora está muito nervosa hoje, D. Augusta.

— Eu?

— Sim, está trêmula, não estou conseguindo tirar sua cutícula. Está acontecendo alguma coisa? Eu conheço minhas clientes pelas mãos...

— É que hoje à tarde vou receber o técnico do computador.

— Mas por isso a senhora não precisa ficar tão agitada assim!

— É, mas eu sei que lá vem ele com todas aquelas perguntas indecentes.

— O técnico faz perguntas indecentes para a senhora, D. Augusta???

— Minha filha, toda pergunta que ele faz e eu não sei responder é uma pergunta abusiva, altamente indecente!

Gargalhadas ecoam no salão inteiro, mas nenhuma solução para o "assédio" que sofre a pobre mulher.

CRUZAMENTO

Sexta-feira. Dezoito horas.

Fui buscar Andréa em um jogo de basquete no Colégio Madre Alix e vamos subindo a Alameda Gabriel Monteiro da Silva. Ela está empolgada. Seu time atuou bem. A professora ficou contente. Ela me conta sobre a alegre tarde com colegas e professores, no pátio do colégio tão querido. De repente, bem na curva para entrar na Av. Brasil... Pô... pô... pô... O carro vai parando...

— Mãããe, não creio!

— Creia — digo-lhe, olhando rapidamente para o medidor de combustível.

— Mãe, é falta de combustível, não é? Onde você está com a cabeça, mãe?

— Eu vi que precisava colocar, não coloquei na hora, esqueci.

— Mãe!

— É isto aí, Andreíta...

Deixo o carro deslizar. Vou dando sinal de alerta. Minha filha se desespera. Peço-lhe que também dê sinal de problema para os outros motoristas. Um frio me percorre, vejo todo o trânsito ao longo das duas avenidas, Brasil e Rebouças... É sexta-feira. Ao anoitecer. Não posso permitir que o pânico me domine.

Quando o carro não mais desliza, o trânsito começa a parar no sinal fechado. Olho pelo espelho retrovisor. Vejo atrás de mim um imenso caminhão da Rede Manchete. Abro a porta. Saio. Olho para o motorista em um suplicante pedido de socorro. Ele atende ao meu olhar. Desce.

— Vamos encostá-lo aqui, senhora.

— Muito obrigada.

— É falta de combustível, não é?

— É, sim.

— A senhora compra aí em um posto próximo. Eu espero aqui e ajudo a senhora.

— Que bom, moço, o senhor faz isso por mim?

— Sim, pode ir, senhora.

Em nossa direção, vem vindo o florista que já vai logo me dizendo qual o posto mais próximo.

Vou para lá, levando Andréa pela mão. Contrariada, ela vai reclamando:

— Mãe, você viaja. Mamãe, você viaja. Como foi deixar de colocar álcool no carro, mãe?

— Deixando, minha filha, deixando...

— Mas tem cabimento isso, mãe? Tem cabimento? Sexta-feira, seis horas da tarde, nós duas aqui paradas na Brasil com a Rebouças por falta de combustível, mãe!

— Pois é, minha filha, fazer o quê?

— Pois é. Pois é! Fazer o quê? Tomar jeito, né, mãe?

— Andréa, esta é a mãe que você tem. Esta é a sua mãe, conforme-se, Andreíta.

Tão certinha, tão responsável, minha filha Andréa não se conforma com o que chama de "viagens" de sua mãe. Atravessamos a Av. Brasil. Ela continua reclamando e eu vou me divertindo à custa dela. Achei um motorista que vai me ajudar nesta hora! Como ficar contrariada? Tenho mais é que me alegrar. Agradecer. Com essas circunstâncias, como não me divertir com tal transtorno?

Mas ela está cansada, coitadinha, muito cansada. Continua reclamando.

Chegamos ao posto, na Rua Pinheiros. Conto o ocorrido. O frentista me vende o álcool. Brincamos a respeito do fato e até Andréa se anima um pouco. Na volta, já vem dando seus costumeiros pulinhos, demonstração de que já não está mais tão preocupada.

Quando chegamos ao carro, o motorista e seu ajudante logo cumprem o prometido.

Enquanto isso, tento distrair Andréa, mostrando-lhe a Congea plantada por Burle Marx no estacionamento da loja em frente. A planta está linda, inteiramente coroada pelos cachos rosados.

Mas Andréa está cansada demais para se deslumbrar com uma planta e alegrar sua mãe.

— Não disfarça, não, viu, mãe?

Os rapazes me trazem a chave, agradeço, desejo remunerá-los, não aceitam de forma alguma. Vão embora.

Puxo Andréa para dentro do carro e lá ela dispara:

— Mãe, quando você vai parar de flanar, hein, mãe? Quantas vezes você já ficou na rua, sem álcool?

Vou procurando um posto e suas palavras entram fundo, calam lá dentro do meu coração.

— Quatro vezes, Andréa. Todas durante este ano. Nunca havia ocorrido antes.

— Mas agora está ocorrendo, mãe. Até quando vai isto?

— Por que você continua tão contrariada? Afinal, vivemos uma aventura!

— Ah! Mãe!...

— É verdade. Segunda-feira você pode até contar para seus amigos na escola. Não foi um evento comum, Andréa. Nesse cruzamento — Brasil com Rebouças — nós termos recebido toda a atenção que recebemos dos rapazes do caminhão da Manchete, é assunto para notícia, não é? Você viu como eles foram gentis, rápidos, extremamente atenciosos? Não é uma bênção? É, sim, estou muito feliz e você também deveria ficar, mocinha.

Com o racionalismo de Andréa não tem negócio. Ela continua inconformada.

Minha menininha vai falando e eu vou ouvindo, com todas as minhas antenas ligadas.

Você tem razão, queridinha, onde está a causa deste padrão distorcido? É a quarta vez que fico na rua por falta de combustível, todas durante este ano. Quatro vezes num ano. Antes nunca me ocorreu. Que tristeza, meu Deus! Tristeza? Tristeza? Tristeza! Sim, a tristeza!!!

Uma vez meu pai alertou-me a respeito da tristeza. Ele me falou de seus malefícios, de seu poder destrutivo. Outro dia, minha amiga Luzia, em uma palestra da Seicho-No-Ie, também falou a respeito dela: "Parece um sentimento muito bonzinho, mas não é não, viu? É um sentimento terrível. Altamente destruidor".

É, senhorita tristeza, é você! Estou muito triste mesmo. Agora o quadro está perfeito. As lembranças vão vindo, vão vindo, inconscientemente, e a gente não se dá conta. Tenho pensado muito neles, na dor que sentimos com os dois grandes golpes, tão seguidos, que mal deu para respirar entre um e outro. Primeiro foi meu sogro, depois meu pai. Ambos morreram fulminantemente, de maneira muito semelhante. Caíram e morreram. Em dois anos, perdemos os dois. Trágico!!!

E, este ano, voltei a ter presentes essas imagens em meus pensamentos. Agora está claro. Estou muito triste mesmo. Bom, vamos realizar uma análise perfeita disso que estou sentindo. Vai muito além da tristeza, é uma total falta de alegria; é muito pior, é devastador. É isso, tenho que eliminar essa dor, buscar a alegria. Fico na rua sem combustível, não estou conseguindo colocar na hora certa. Eu percebo, vejo a necessidade, mas não executo a ação. Estou me deixando dominar por essas memórias dolorosas.

É! A alegria deve ser o combustível da vida! E eu estou me deixando abastecer com os sofrimentos da morte! Que engano enorme este de pensar que a tristeza seria a expressão de nosso amor!

Meu Deus, nada está desligado no Universo, as ligações existem, estão aí, é só decodificar...

Eu vou buscar a alegria. Não posso continuar metida nessa apatia. Não posso mais permitir que ela me bloqueie tanto. Eu prometo. Hoje, eu me prometo. Aqui, descendo a Av. Sumaré, em silêncio, mas perante minha filha Andréa, eu me prometo que vou buscar a alegria e colocá-la dentro de mim. Eu vou buscar a alegria, Andréa querida, juro que vou! Palavra de mãe, minha filha, palavra de mãe...

VISÃO

Ofereço este poema ao povo capixaba.
Por seu belo patrimônio natural,
"O Frade e a Freira".

Na manhã brumosa de julho,
A tua visão me emocionou
Uma vez mais:
Estavas envolta na neblina,
E o encanto que me tocou
Foi mais forte desta vez.
Havia infância dançando no ar...

Veio uma alegria antiga,
Que eu supunha perdida,
Voltando ao meu coração.

Eu me pus a pensar:
Que sentimento te produziu,
Que ardor te cinzelou
Tão perfeitamente?

Há uma reverência
de cabeça a cabeça...
Uma tão grande — a feminina —
(Incorreu ela também
No engano tão grande

De pensar demais?)
Outra tão pequena — a masculina —
Mas superior,
Delicada, bonita...
(Que pensa esta?)

Quantos milênios foram necessários
Para formar-te a intempérie?
Eu não sei...
Mas de uma coisa
Eu fiquei certa desta vez:
O que está aí gravado
É uma história de amor.

Que amor terá sido este?
Tão estranho amor,
Tão forte,
Tão pungente,
Que necessitou
De uma pedra
Exposta às intempéries,
Para perpetuar-se?

De quantas dores foi feito?
De quantas renúncias?
De quantos medos?
De quantos silêncios?
De quantas lágrimas?

Ninguém sabe me responder.

Mas eu percebi
Que para esse amor existir,
Para esse amor sobreviver,
Foi necessário
Um material muito mais forte
Que a pobre carne humana…

FOGO APAGOU

Fogo apagou. Fogo apagou. Acordo inebriada pelo canto. Que presente, meu Deus! Que bela oferenda nesta manhã. De mansinho, abro os olhos e aguço os ouvidos para melhor ouvir a rolinha que canta, alegre, no meu jardim.

Que som mavioso e que recordações me traz essa avezinha antiga, que canta o seu canto no meu jardim.

Ela está cantando para mim, para a minha alma, para os meus sentimentos. Eu nunca tinha ouvido uma "fogo apagou" por aqui.

Em que canto do jardim estará ela? Em que árvore? Terá pousado na adulta magnólia ou nos jovens ipês que espalhamos por aí?

Não, ela deve estar ciscando na grama. Se bem me lembro, se minha memória não me trai, ela é um passarozinho marrom que cisca e belisca muito pelos relvados que encontra. E traz consigo beleza e poesia. Se não é assim, mais uma vez minha imaginação está me pregando uma das suas. Não custa nada eu ter inventado tudo isso. Ouço um canto apreciado e o associo a uma ave já conhecida e amada. Será mesmo aquela ave que emite este som? Não sei. Bem, não interessa. Para mim é. Ela me acordou com seu canto e seu encanto.

"Fogo apagou. Fogo apagou."

O grito continua no meu ouvido e balança meu coração. Mas é um balanço bom, gostoso, sereno. Um embalo, um acalanto.

Rapidamente, vou à sua procura. Quero vê-la, descobrir onde pousa para cantar. De longe, não quero atrapalhar. Só quero saber.

O sol me espanta com sua claridade. As margaridas estão maravilhosas. Um vento as acaricia, provocando nelas um leve balanço. Tenho a impressão de que vejo alegres meninas a brincar de roda. De vez em quando, suas cabeças se juntam em um meneio carinhoso.

Procuro a rolinha, mas ela se calou. Sem o som, não posso procurar, falta-me o rumo. Passeio pelo jardim com calma, a espreitar cada ângulo e nada vejo.

Como ela é esperta! Pressentiu minha busca e se escondeu.

Volto para casa. Entro e seu canto se ouve, forte, a desafiar minha curiosidade. Saio novamente. Busco-a de novo e, de novo, ela se cala. Brinca comigo. Faz um jogo de esconde-esconde.

Dou mais uma olhada pela festa do jardim. A florescência é grande. Muitas espécies estão floridas agora.

Vejo formiguinhas que passam ligeiras, com suas cargas às costas. Sento-me no meio-fio do canteiro e começo a falar com elas.

— Queridas, que admiração sinto por vocês. Que trabalho encantador desenvolvem. Em grupo, em comunidade, com uma cumplicidade de causar inveja. Todo esse companheirismo, toda essa organização hierárquica tão harmoniosa neste formigueiro unido e trabalhador. Como isso reforça a minha dor! Vocês nem imaginam. Motivos não me faltam, mas não pensem que estou sentindo inveja, sinto mesmo é uma grande comoção. E sabem o que mais? Sinto-me abençoada por tê-las no meu jardim. Quem sabe vocês venham a nos influenciar com sua energia? Quem sabe, um dia, consigamos imitar vocês? Eu tento acreditar! Enquanto isso, faço um pedido: não estraguem as minhas flores, está bem? Vamos viver em paz? Eu não aborreço vocês, vocês não me aborrecem. Harmonia! Está estabelecida a harmonia entre nós!

Levanto-me e o silêncio me prova que a rolinha se escondeu mesmo de mim.

Vou para a sala. Pego o jornal. Sento-me na poltrona mais confortável e luto contra uma das minhas inúmeras dificuldades atuais: a leitura do jornal. Não consigo. Minha cabeça voa. As folhas me pesam. Meus braços doem. Acabo não lendo ou lendo pouco. É a fuga da realidade concreta! Sento-me e nem consigo abrir as páginas. Recosto-me. Cerro os olhos. Um peso brutal se abate sobre mim e vai atingindo cada membro. Só tenho vontade de continuar assim. Sentada. Pesada. Sentindo, aquilatando este peso.

Entorpeço-me e não quero sair desta posição por nada. Não quero pensar nem agir. Nem me responsabilizar por nada. Por favor, por nada.

De novo, o canto do pássaro me invade a alma e os gritos "Fogo apagou. Fogo apagou!" se repetem tanto que passam a ser obsessão. Deixam de ser prazer. O encanto passa. Acaba. Esses gritos me causam desatino. Estou pronta para explodir, gritar e quebrar coisas. Quando me toco, deixo-me atingir pela faísca...

— Esta ave que canta está dentro de mim, não está fora. A rolinha veio me visitar. Ela, com seus tantos cantos de infância, veio me visitar. É. Ela não está fora, está dentro de mim.

Percebo que o peso aumentou, mas o meu coração ficou leve. Adquiriu alívio com essa constatação. Por quê?

— É um recado? Um aviso? Um chamado?

Realmente, tenho que fazer alguma coisa, descobrir algo... Achar uma saída. Não posso continuar chafurdando nesse pântano.

Recordo-me, então, com profunda tristeza, de cenas que estão se repetindo a cada dia com meus filhos. Estou impaciente, taciturna, fechada.

Minha vida é um peso e eles estão sentindo isso. Às vezes, vejo-os em situações terríveis, injustas, e nada posso fazer por eles, impedida que estou neste pântano pegajoso que me prende os movimentos, impede-me de agir.

Outro dia, vieram os três, Sílvia, Raquel e Alex. Choravam todos. Haviam brigado entre si. Um provocou. A outra bateu. A terceira veio em defesa do pequeno e virou uma grande briga a três.

Chegaram chorando. Pedindo ajuda. Exigindo a interferência da mãe. Querendo o colo. O carinho. O afeto. O calor.

A mãe, tragada por seu abismo pessoal, encolhida sob o peso de tanta confusão, apenas grita, enérgica:

— PSIU!!! Fiquem quietos. Quietos! Fiquem quietos! Silêncio! Parem de chorar!

Parar de chorar era uma ordem. Parar de sentir era outra ordem que a mãe dava, brutal, para os filhos. Parar de viver era uma necessidade para o seu desespero. Deixar de acreditar nos seus sonhos era o comando que ela estava recebendo e não aceitava. Por isso, a luta, a areia movediça...

Agora, aqui sentada, sentindo esse peso, fico pensando nas causas de minha impossibilidade de ser mãe deles em momentos tão preciosos. Depois do ocorrido, normalmente, algumas horas depois, consigo me aproximar de cada um, conversar, falar, dar colo, mas deixei a ferida se abrir. Permiti que o momento fosse de dor. Deixei escapar o instante de dar-lhes o bálsamo do meu amor.

— Filhos, eu queria tanto ser mais suave nesses momentos, mas como? Como, se estou anulada, amordaçada há tanto tempo? O meu gesto, meus filhos, está impedido de sair, de manifestar-se. A minha palavra, meus queridos, está comprometida com a angústia, mas o meu amor existe, existe, sim, é forte e vai resistir a tudo isso, vai resistir, filhos, e um dia seremos uma família feliz. Uma família unida e feliz.

A dor dessa busca, o peso que as responsabilidades representam para mim afundam-me cada vez mais na poltrona. As pálpebras pesam como chumbo. A letargia me consome. Solto mais o corpo. Tenho vontade de dormir. Aquela antiga vontade de dormir e só acordar quando tudo estiver em ordem: Gilberto em casa novamente, já curado, definitivamente liberto, as crianças felizes e eu podendo ser a mãe e a mulher que sempre sonhei ser.

Sim, eu não perdi a esperança!

Por enquanto, sou um ser pesado, embrutecido pelas cargas que carrego. Não estou aguentando mais, não suporto mais arrastar-me sob esse peso.

Que vou fazer da minha vida? O que vai acontecer conosco?

Meu estômago embrulha. Sinto náuseas fortes. Mas só isso. Nada além.

A rolinha me trouxe tanta alegria, mas posso constatar que tanto a ave quanto o sentimento pertencem ao passado. O aço da tristeza preenche minha alma. Eu não queria esmorecer, nunca admiti a renúncia, mas acho que estou entregando os pontos... Não enxergo saída... Já não tenho sequer a resistência física...

"Fogo apagou. Fogo apagou." Ouço. Já não é um canto, é um grito desesperado que atinge a minha alma. Lembra-me: meu amor é valente. Corajoso. Tenaz.

Enfim desperto. Ah! Não vou sucumbir, não vou, não, minha avezinha benfazeja...

PRECE

Senhor!
A vida é uma escalada, bem sei.
Por mais forte que ela seja,
Por mais íngreme e pedregulhosa,
Fazei que eu a termine
Serena, sorridente, cheia de fé.
Quando as horríveis vozes internas,
Que das entranhas me saltam,
Quais tétricas marteladas
Me atormentarem,
Abrandai-as, Senhor!
Elas me fazem mal.
E se alguma vez, eu, lá de cima,
Avistando já a auréola
Dourada da vitória, cair,
Amparai-me a queda.
Fazei que desça, não importa,
Quero apenas descer intacta
Para novamente recomeçar.
E quando os sorrisos mundanos
Me lançarem no rosto umedecido
O seu fogo de ironia,
Fazei-me cega, eu vos peço!
Nada quero aqui de baixo,
Vós o sabeis, só quero amar,
Não me importa não ser amada.

Quero fazer o bem.
O meu olhar sempre além,
Verá as cortinas reluzentes
De um horizonte novo.
E eu procurarei as quinas das pedras
E aí apoiarei os meus pés,
Para subir, subir!
Será bom conseguir o que quero.
Assim terei um mundo todo meu,
Ainda que eu lá nada tenha.
Quero difundir o amor,
Esse sentimento nobre, altivo,
Do qual eu muito me orgulho.
Sempre haverá as tempestades,
Amainai-as para mim.
Quero subir ao grande cimo,
Não me importa como.
Só vos peço, Senhor,
Se pela centésima vez eu cair,
Ajudai-me a levantar.
Só não quero errar
E jamais desanimar.
Quero recomeçar pela milésima vez
A minha escalada.

14/04/63

ESPANTO

Ouviu as batidas na porta. Mandou entrar.

— Como ela está, meu filho? Que susto!

— Fora de perigo. Pode ficar tranquila, mamãe. E você, Ângela, conseguiu falar com ele?

— Sim, pode ir agora. Está à sua espera. Contei-lhe o que ocorreu e falei de seu pedido de uma conversa. Aqui está o endereço. Pode ir sossegado. Ficamos aqui, eu e D. Eulália.

— Obrigado. Terminando lá, volto para cá. Muito obrigado por tudo.

Beijou a testa da esposa, despediu-se da mãe e da nora. Saiu rapidamente.

Chegando ao consultório do psicanalista, ele o atendeu imediatamente:

— Como está Cármen?

— O médico me deixou bastante tranquilo.

— E então?

— Estávamos tomando o café da manhã e ela sentiu a dor. Ainda bem que eu estava em casa e pude levá-la imediatamente ao hospital.

— Melhor assim. Mas em que posso ajudá-lo? Sua nora me disse que o senhor estava preocupado, queria conversar comigo.

— Sim, sim, doutor, o senhor conhece a Cármen há muito tempo e a trata há muito tempo, não é?

— Sim.

— É... é que estou muito chocado...

— Procure acalmar-se. Ela foi socorrida rapidamente, pelo visto o pior já passou.

— Estou preocupado com a saúde dela, sim, mas vim procurá-lo, doutor, por causa disto aqui... É uma carta que encontrei nos guardados da Cármen. Leia, por favor.

Glauco, meu marido,

Você não vai ler esta carta, mas eu preciso escrevê-la para não enlouquecer de vez.

Estou tão mal e tão confusa que preciso lhe falar, desabafar, preciso me expressar sobre tudo que vem acontecendo conosco.

Que caminhos temos percorrido, Glauco! Que sufocantes trilhas estas pelas quais nos enveredamos...

Vivemos lado a lado, com nossa família constituída, nossa casa de pé, nossas profissões desenvolvendo-se a contento, nossa vida financeira estável, tudo na mais perfeita ordem, mas e nós? O que tem sido a nossa vida, Glauco! A distância que estamos criando entre nós está ficando intransponível. Não somos mais um casal. Somos duas pessoas possuidoras do mesmo endereço.

Quando o vejo em casa, polido e educado como sempre, tenho vontade de lhe dizer:

— Grite, Glauco, faça um escândalo, quebre tudo!

Não é possível que verdadeiras bombas não estejam explodindo dentro de você! Não é possível que esta sua tranquilidade não seja apenas aparente.

Como é que você pode estar tão pacífico, se já não somos mais os mesmos? Se já não rimos e nos divertimos juntos? Se não manifestamos mais nossa alegria?

Quando o vejo no relacionamento alegre com nossos filhos e amigos, sinto-me péssima, sabia? Não é ciúme, não. Não é inveja, não. O que me atormenta nesta hora é o sentimento de exclusão. Sinto-me rejeitada, excluída da sua vida, da sua alegria, da sua emoção. Sinto-me preterida, desdenhada, abandonada... E sinto-me mal. Sinto-me a última das mulheres, a mais humilhada dentre todas. E sinto vontade de gritar, de denunciar, de pedir ajuda. Mas a quem vou eu pedir ajuda? A quem vou recorrer nesta mísera condição de mulher humilhada no mais profundo do seu ser? Não tenho a quem recorrer, a não ser a mim mesma e me dizer baixinho, procurando uma serenidade que já não tenho mais neste momento:

— Cármen, resolva-se. O que você quer fazer da sua vida? É você, só você quem pode decidir. Se está péssimo, separe-se. Ninguém é obrigado a viver nesta amargura.

Então, eu faço planos de falar com você, de pedir a separação, começar a preparar os papéis para um divórcio amigável, civilizado... e não tomo a iniciativa nunca. Não a tomo por acreditar, bem dentro do meu coração, que pertencemos um ao outro, que nossa vida só tem sentido *lado a lado. Mas isso que estamos vivendo é vida? Pode-se chamar de vida conjugal, de vida familiar?*

Que coisa mais complicada esta que fomos criar para nós. Há meandros e esquinas intransponíveis na nossa relação. Sinto-me amarrada. Vejo-o atado. Não sei o que fazer. Só sinto que preciso muito de você, preciso do seu amor, Glauco. Muito, muito, muito! Sou louca, sou neurótica? Por que não consigo romper essa relação? O que vamos fazer de nossos dias, Glauco? Até quando viveremos assim? Esta carta, mesmo a distância, é um desesperado pedido de socorro. Você não a lerá, com certeza. Eu jamais terei coragem de enviá-la. Minha coragem está aniquilada, está vendo? Mas a necessidade de escrevê-la me surgiu das entranhas e aperta-me a garganta neste momento.

Esta carta é um pedido de socorro, volto a afirmar.

Glauco, meu marido, socorra sua mulher que está aqui ao seu lado, só lhe pedindo carinho. Expresse seu amor, eu sei que você me ama. Estenda-me a mão, quero lhe dar colo e não consigo. E preciso do seu colo! Você é o único homem que pode fazer isso por mim, porque é você que eu amo.

Estou precisando de sua ajuda, de seu apoio. Por favor, não me abandone, não me faça dar um passo que não quero dar. É tão fácil achar um carinho itinerante por aí. Não me deixe dar um passo que não quero dar, Glauco.

Eu quero meu marido, eu preciso de meu marido, eu preciso de você, de sua cumplicidade. Por favor, enxergue-me, veja-me, estou aqui e não quero afundar neste barco de insanidade total.

Salve-me, salve-me, por favor, Glauco! Aquilo que você pode fazer por mim, só você pode, mais ninguém. Socorro, socorro, socorro!

Esta carta é dirigida não aos seus sentidos, mas à sua essência. Faça alguma coisa por nós, Glauco. Tome uma atitude!

Por que não toma você a iniciativa de separar-se de mim? Por que continuarmos nesta relação indigna de nós? Isso é indiferença pura, uma indiferença civilizada, mas é indiferença!

Vamos, faça alguma coisa, Glauco. Vamos colocar um pouco de dignidade em nossas vidas. Nós merecemos. Somos pessoas corretas, honestas. Por que viver nesta impiedosa paralisação?

Eu não aguento mais.

Este projeto de vida, este propósito, este nosso casamento não é unilateral. Ele é bilateral. Foi planejado, idealizado, construído por nós dois, de livre e espontânea vontade, sem pressões, sem impulsos exteriores a nós, sem outra alavanca que não fosse o nosso amor.

E é esse fato, que é tão claro e tão nítido para mim, na minha mente e no meu coração, que me segura aqui ao seu lado. O fato de saber que nós nos casamos por um nítido e claro amor. O fato de um casamento só se justificar pelo amor que une os dois cônjuges. Esses aspectos fundamentais, essenciais, continuam existindo, não se alteraram ao longo dessa convulsionada viagem. Nós nos distanciamos, Glauco, nós fugimos um do outro. Será que fugimos é uma palavra correta para esta situação? Nós nos ausentamos um do outro... Posso até afirmar que nos tornamos pessoas desconhecidas uma da outra, mas o nosso amor continua existindo... É uma loucura isto... é o maior dos paradoxos...

Aqui está: o meu amor por você é uma energia quase palpável, quase amoldável. Sinto que posso puxá-la de dentro de meu coração e esculpir com ela uma imagem bem bonita e doá-la a você, como prova de meu amor. Com as minhas mãos, com estas mãos, penso que posso modelar a imagem de meu amor por você.

O mesmo posso ver nos seus olhos, na sua feição amorosa, no seu semblante iluminado quando nos atende, quando se dedica à nossa família... Mas, de concreto, nada temos oferecido um ao outro no plano afetivo.

O amor é um sentimento que precisa ser expresso, precisa atingir o alvo, envolvê-lo através do carinho, da meiguice, do afeto... Os gestos, as palavras exprimem o amor. O amor não expresso torna-se uma energia petrificada, ruim, estagnada, condenada, comprometida.

Precisamos dar um jeito, Glauco. Ou expressamos nosso amor ou declaramos nossa hipocrisia, porque se esta união não está sendo presa, garantida pelo amor, então tudo isto é hipocrisia pura. Por que continuarmos juntos? A quem estamos querendo aparentar uma coisa que não é verdadeira? Podemos enganar a todos, mas não podemos enganar a nós próprios, e essa tentativa de engano já é uma coisa que me sufoca o suficiente para eu não suportá-la mais.

Vamos, Glauco, ouça a sua mulher. Esse projeto não é só meu. Ele é seu também. Não foi por acaso que nos casamos. Juntamos as duas linhagens de nossas famílias por alguma razão. Não existem acasos. De verdade, não há acasos nas relações humanas... Nós nos casamos porque temos um papel a cumprir perante o Universo, perante aVida. E esse projeto é nosso, dos dois. Entretanto, eu me sinto sozinha na sua execução, no seu desenvolvimento, na busca de respostas... Ajude-me, socorra-me! Estou lhe pedindo, meu marido.

Reaja. Acorde. Tome atitudes. Tome iniciativas. Adote uma postura amadurecida perante essa nossa história, Glauco, porque eu não aguento mais. A minha fragilidade feminina está nos limites. Nosso navio pode ir a pique. Podemos soçobrar. Estamos precisando de um homem no comando. Este homem é você, Glauco. Você é o meu amado. É o chefe da nossa família. Você é partícipe desse projeto, nem que não saiba, nem que não tenha a menor ideia dele no plano consciente. No plano sutil, no plano da essência, Sr. Glauco, o senhor me escolheu entre tantos milhões de mulheres porque eu possuo aquelas características necessárias para desenvolver esse projeto superior de vida, esse projeto de alma, de nossas almas, um projeto que é meu e seu. Eu também o escolhi pelas mesmas razões. Ninguém aqui o formulou sozinho, com certeza. Nós dois o projetamos. Nós dois, o polo positivo e o polo negativo deste evento grandioso que é o nosso casamento.

Então, estou pedindo, Glauco, pegue o comando. Desenvolva suas energias sutis de comando e comande este barco que atravessa uma tempestade. Eu quero ocupar nele apenas um lugar, o lugar e as funções de mulher do comandante. Esse é o lugar que me pertence e quero ocupá--lo o mais rápido possível.

De hoje em diante, você comanda o processo... Eu quero o seu ombro, o seu apoio, Glauco, o apoio de meu marido...

Receba um beijo da sua
Cármen

— O senhor está vendo, é uma carta escrita com a letra da Cármen, dirigida a mim, mas o senhor acredita que ela tenha escrito esta carta?

— Sim.

— Acredita? Acha mesmo que foi ela própria quem escreveu e está mesmo dirigida a mim?

— Acho, sim.

Consternado, ele olha para o psicanalista, buscando maiores explicações.

— Como? Por que ela escreveu isso? O senhor reconhece nesta carta um texto dela? Ela seria capaz de escrever...

— Sim, nesta carta estão expressos sentimentos com a sensibilidade da Cármen. Sua mulher é uma pessoa delicada, sensível, senhor Glauco. É sentimental, e esta é a expressão da sua natureza profunda. Este texto é dela, sim, nada me faz duvidar.

— Não pode ser, não pode ser, a Cármen não tem motivos para estar tão sentida assim comigo. Não tem motivos, não tem, não. Ela é a mulher da minha vida. Ela sabe disso.

— Não basta saber, ela precisa sentir...

— Mas ela sabe, ela sabe...

— O sentir é uma necessidade do ser humano, meu senhor, é uma lacuna que precisa ser preenchida no coração, não no intelecto, não é um vazio racional.

E, presenciando o espantoso desalento em que se encontra aquele homem, o psicanalista fala:

— Eu, se fosse o senhor, ficaria muito feliz com a descoberta dessa carta. Corra para junto de sua mulher, faça com que ela sinta o seu amor, vá, vá correndo!

Levanta-se, estende-lhe a mão, despede-se, pega-o pelo braço e o encaminha para a saída.

Glauco não se conforma, insiste em querer voltar, mas o psicanalista completa, definitivo:

— Não lhe garanto que será um processo fácil, entretanto está em suas mãos uma rota a seguir. Lute, Glauco, vá, ache os caminhos do coração de sua mulher...

LANÇAR ÂNCORAS,
LEVANTAR ANTENAS

O mar da minha vida
Trouxe-me a este recanto
A este momento de certa placidez.

Agora é lançar âncoras
E levantar antenas.

Lançar âncoras
Para o infinito oceano do meu eu.
Buscar minhas respostas
Fazer meu caminho.

Só me serenando, encolhendo,
Interiorizando-me
Encontrarei o meu ser supremo
Infinito e inviolável.

No aconchego do meu eu,
Na calma do meu núcleo interior,
Encontrarei forças
Para decidir minha rota.
Levantando
Minhas antenas,
Subindo-as às montanhas

Mais altas,
Aos píncaros de cordilheiras,
Até então desconhecidos,
Só assim poderei fugir
Das amarras comezinhas
Que me sufocam,
Prendem, definham.

Subir antenas, buscar horizontes,
Conquistar liberdades,
Luz, sol, claridade.

E ser, um dia,

Ser de verdade, para a verdade,
Eu!

LIMÃO

Estávamos na recepção do Grande Hotel, em águas de Santa Bárbara. Jonas preenchendo a ficha, eu, ali, conversando com a recepcionista. Fabiana aproximou-se e me puxou para longe do balcão.

— Mãe, olha que mico.

— Mico, Fabiana?

— Sim, olha aí. Eu e a Andréa aqui nesse hotel de criança. Olha lá, mãe.

Olhei na direção que ela me apontava e vi o trenzinho cheio de crianças e monitores que acabara de estacionar. As crianças desciam procurando as mães, uns gritavam, outros choravam, os monitores tentavam controlar a situação, as mães e avós surgiam de todos os lados. Fabiana continuou, brava:

— Tem sentido isto, mãe? — e já chorava.

— Isto o quê, criatura?

— Pense, mãe, raciocine. Tenho 17 anos, a Andréa tem 18. E estamos aqui, viajando com o papai e a mamãe. As menininhas na barra da saia da mamãe, na barra da calça do papai. Até quando, mãe? Até quando vamos viajar com vocês? Que mico! Olha essa criançada, essa gritaria, essa choradeira. Que mico, mãe!

Ela me arrastava para mais longe a fim de desabafar melhor. Completamente surpreendida, firmei os pés no chão e exclamei:

— Estamos iniciando nossas férias, minha filha.

— Férias, mãe? Olha isto. Que mico.

— Escute, mocinha. Já estamos aqui, vamos aproveitar nossas férias.

— Féééérias? Que mico.

Falei firme:

— Fabiana, o que ensino a vocês?

— Ah! Mãe. Não vem. Agora não. Eu sei. Já vem você com seu limão para eu fazer uma limonada. Que mico, mãe.

Ela não se conformava e a palavra-chave de sua geração não saía de sua boca. Ela queria me provar, convencer-me de que nós as submetíamos ao pagamento de um mico gigantesco.

Ouvindo-a reclamar, pensei no nosso padrão familiar, em como éramos grudados os quatro. Lembrei-me do zelo amoroso do Jonas por nós três. Ele nos queria junto dele, protegidas por sua atenção e seus cuidados. Então, decidida, avancei sobre aquele mico, segurando-a pelos braços.

— Agora não é hora de reclamar.

— Que...

— Sim, senhora. Por que você não falou comigo antes?

—Vocês deixam, mãe? É possível falar sobre isso na nossa família?

— É possível, sim. Pode ser difícil, mas é possível. Você não falou antes, agora vai me ouvir. Você sabe, o seu pai programa as viagens com antecedência. Você teve tempo. Por que não me falou antes?

— Vocês permitem, mãe, permitem?

— Ué, se eu não permito, como você está falando agora?

— Eu não aguentei. Explodi. Olha isto, nós duas aqui no meio dessa molecada toda, no meio de bebês. Quanto choro, mãe.

— Agora só temos uma alternativa. Você não vai atrapalhar as nossas férias.

— Já sei, mãe, a limonada, que mico — ela girava em torno de si própria, chorando. Queria desaparecer, sumir dali.

Fui contornando a situação:

— Mico ou não, esta é a realidade que temos. Já estamos aqui e você não vai estragar as nossas férias. Está chorando sobre o leite derramado e isso também é uma coisa que já ensinei. Pare de chorar, melhore essa cara. Vamos, enxugue as lágrimas.

Abracei-a, puxei-a bem para perto de mim e fui me movendo em direção à recepção. Falava baixinho, no seu ouvido:

— Você vai fazer tudo para se divertir enquanto estivermos aqui e eu me comprometo a conquistar o direito de viagens autônomas para vocês a partir das próximas férias, está bem assim? Durante este ano vou trabalhar a cabeça do papai. Prometo.

— E a sua também, né, mãe? Não é só a do papai, não.

— Sim, sim.

Ainda contrariada, ela me seguia. De vez em quando, eu a cutucava:

— Melhore essa cara.

Ela tentava sorrir. Em vão. O desalento a dominava.

Passamos dias excelentes em Águas de Santa Bárbara. Na despedida, levamos tempo para tirar Fabiana do trenzinho, totalmente envolvida com crianças e monitores.

Ela cumprira a sua parte. Eu tinha um ano inteiro pela frente para cumprir a minha.

DENÚNCIA EXPLÍCITA

Encantada com a beleza da cidade histórica, a senhora decidiu caminhar sozinha naquela tarde.

Avisou seu grupo de amigas excursionistas e seguiu solitária, admirando os casarões com suas variadas cores e inúmeras janelas.

Uma travessa muito inclinada chamou sua atenção. O sobrado da esquina, em delicados tons verdes, acolheu-a com gentileza. Ela decidiu ir por ali, olhando o casario que desfilava ladeira abaixo. Seguia atenta para não cair, esquivando-se das dificuldades do calçamento pé de moleque.

Devagar, ela foi descendo. No ar, um magnetismo ajudava a compor a magia do cenário.

Enlevada naquele clima de passado, ela alcançou a rua plana ao fim do beco e, imediatamente, decodificou a sensação que a acompanhara na descida.

— A sua laranja está cheirando lá em cima! — disse ela ao senhor sentado na escada do Paço da Via-Crucis do Senhor Morto.

Deliciando-se com os gomos sumarentos, ele apenas confirmou com um sinal de cabeça.

Ela atravessou a rua, alcançou a calçada e já ia a meio quarteirão, quando ouviu:

— Dona, ô dona!

Ela voltou até mais perto:

— Sim?

— "Mexerica, tosse e amor, a gente não esconde."

Ela sorriu divertida, concordou e continuou seu passeio, agora com maior significado.

RECADO

Naquele dia, clamei a Vós em um desamparo abissal.

Hoje, graças à intimidade adquirida, alegremente conquistada ao longo do percurso, eu venho falar a Você, meu querido irmão mais velho. Só para chegar bem mais perto, como é a Sua vontade e a minha coragem já permite. Quero agradecer do profundo do meu ser, daquele ponto da alma onde a Essência Se cruza e Se expande.

Não pense que não me dei conta. Nem suspeite. Não duvide de mim. Eu não ignorei o propósito da silenciosa presença, por ocasião de meu primeiro passo.

Eu O vi, sim. Senti o Seu amor, a confiança e o voto de coragem.

Estou aqui para agradecer-Lhe e dizer: compreendi, entendi o recado.

E aqui estou eu em exercício.

HOMENAGEM A SÃO PAULO

São Paulo,
São Paulo,
Por tuas ruas
Eu andei tresloucada
Em busca da harmonia,
Da alegria,
Da felicidade.
Tuas noites sustentaram meu pesadelo,
E encheram-me de outros sonhos,
Que eu não conhecia.

Porque os meus,
Os conhecidos,
Os acalentados,
Foram-se de repente,
Num rodopio,
Quando pisei teu chão.

Tu me quebraste, cidade,
Reduziste-me a pedacinhos,
Querias experimentar-me,
Querias ver que material
Trouxera eu para o teu seio.
O que viera habitar teus dias de correria...

Depois de um tempo,
Sofrido,
Digerido a fogo,
Eu te respondi com meu aço,
Forjado a dor,
Fome,
Cansaço,
Angústia
E lucidez!

Aqui estou e nos amamos!
Eu te bendigo,
No dia de teu aniversário,
Cidade querida!

SP 25/01/88

BAILARINA

O dia está bonito. A claridade do sol entra pela janela do meu quarto. Estou em um momento de paz. Olho em volta e vejo a harmonia deste aposento que tanto me agrada e que é o meu refúgio. Minha cama e meu cobertor. Meu cobertor e minha cama. Que mistério envolverá este trio? Por que este recolhimento me é tão produtivo? Eu, minha cama e meu cobertor... Como posso me revigorar enrolada no meu cobertor, deitada na minha cama! Quantos problemas resolvi aqui, em contato com a lã, envolvida por ela, protegida por sua maciez, pelo seu calor, entregue ao seu aconchego. Solta, como se estivesse em uma nuvem, pairando acima do bem e do mal, levitando, longe dos conflitos desta sufocante realidade que estamos vivendo.

Olho em volta, vejo e sinto cada canto, cada móvel, cada contorno tão bem trabalhado por profissionais que sabem realizar bem o seu ofício, trabalham a madeira com carinho e arte. Como somos privilegiados! Os profissionais que trabalham para nós são verdadeiros artistas e são também pessoas honestas e responsáveis. Penso em cada um deles e vou passando os olhos pelos detalhes, pelos enfeites.

Vejo a porta do armário em que está guardado o meu rico cobertor e percebo dentro de mim que este não é um momento para ele. Não, eu não quero me amontoar na cama neste momento. O que me fascina agora é outra peça do quarto.

Reconheço que minha atração recai sobre outro objeto. O que me chama a atenção agora é o espelho. É a ele que me dirijo. Tenho vontade de me ver, de me encontrar comigo mesma, mas esta é uma ocasião diferente de tantas outras que já vivi neste quarto, pensativa, envolvida com meus botões...

Hoje quero ver os meus olhos e é com esse instinto que me volto para o espelho.

Sento-me diante da penteadeira. É uma bonita peça, projetada para esta parede, posicionada corretamente em relação à lâmpada e à claridade do sol.

Olho para o espelho, visualizo profundamente a minha imagem nele refletida. Arregalo meus olhos e posso ver que eles ainda expressam muita vivacidade. Ainda! Ainda posso ver a vivacidade de meus olhos.

Em seguida, vou olhando os potes de creme e penso na distância que está existindo entre nós. Há quanto tempo não me aproximo deste móvel para sentar-me e cuidar da minha pele, das minhas rugas que já se apresentam com certo atrevimento. Atrevimento demais para o meu gosto! Há quanto tempo não paro para cuidar da minha aparência!

Por onde tenho andado eu, que tão distante estou de mim?

Circulo meu olhar, vejo as caixas de perfume e me reconcilio comigo mesma. Que alívio! Pelo menos um elo ainda me prende a mim. Um elo muito forte, por sinal. Só tenho passado por aqui para me servir deles. Deixar de usar estas fragrâncias maravilhosas? Jamais! Aí, sim, eu perder-me-ia. Deixaria de ter um eixo, perderia a conexão comigo, eliminaria uma importante viga, talvez aquela que ainda me mantém em pé.

Respiro fundo. Olho-me no espelho e vou pegando cada caixa a pensar, com alegria, que, neste aspecto, eu não mudei, não mudei um triz.

Vou abrindo as caixas... Houve um tempo em que eu expunha os frasco, por achá-los bonitos, por me encantar com eles, com sua forma, sua leveza e colorido. Hoje, já não os exponho. Um especialista explicou-me os malefícios da exposição. Recomendou-me que os mantivesse em seus invólucros.

Foi com certo constrangimento que segui o conselho, devo confessar... Preferiria continuar na ignorância... Ignorância! Mãe de tantos erros e de tantos desastres. Preferiria a ignorância nesse caso... Manteria a beleza da minha penteadeira. Entretanto, não tive coragem de permanecer no erro e aqui estou eu a abrir todas as caixas dos tantos perfumes que possuo, para me deixar seduzir por eles, para me deixar levar pelo mundo diáfano que deles emana...

Vou abrindo e sentindo cada aroma. Vou pensando na minha secreta mania. Cada perfume para determinada situação ou postura: "Victória", quando estou vivendo um momento empolgante, um momento de realização, de concretização, é claro. "Trésor", uso quando me sinto inebriada por sentimentos bons, dadivosos e quero sair pelas ruas emanando essa sensação para a humanidade inteira, por meio da volátil vibração desse aroma tão delicado. "Far Away", quando desejo produzir, criar, levar avante um projeto. "Tamango" me cai bem quando preciso tomar decisões e estou muito chorosa, achando-me a explorada, a coitadinha, a oprimida. Ele me impulsiona, dá direção. Coloca-me no eixo e me leva a agir, a tomar atitudes de acordo com meu propósito de vida. Ele não permite que eu me traia. "C'est la Vie", quando estou me sentindo meio patife, querendo deixar para os outros as responsabilidades. Quando me percebo acomodada, acovardada. Coloco o perfume pensando: "Ah! Que eles se lasquem... decidam... assumam...". Aos poucos, o perfume vai me envolvendo, vai destruindo minha moleza, vai minando minha covardia e eu vou me lembrando que, se eu me omitir, não poderei depois me olhar no espelho. Viver reclamando dos outros, colocando a causa dos problemas nos outros não é do meu feitio. Mas, de vez em quando, é tão bom fazer isso, meu Deus! Quando pendo para esse comodismo, "C'est la Vie" é o perfume do dia. "C'est Moi" não é preciso nem dizer, não é? Eu o uso quando preciso colocar meu ponto de vista com certeza, de maneira clara e definida. Uso-o quando desejo me respeitar e estou também querendo que me respeitem. "Rupture" é usado por mim quando quero romper com maus hábitos, com situações desagradáveis, distorções no convívio. É um perfume que, às vezes, uso por muito tempo, até obter resultado. Porque a gente sabe: vício é vício. "Tendre Poison" eu gosto de usar quando estou leve e despreocupada. Pronta para dar asas aos meus anseios mais profundos de afeto e ternura pelo ser humano. "Loulou" eu uso quando sinto necessidade de me recolher, necessidade de me aquecer, de ficar em casa enfiada em uma roupa bem gostosa, usando meias de lã, lendo um bom livro, o dia em penumbra, a cortina aberta para deixar ver as plantas do jardim através da vidraça e uma caneca de chocolate tépido, bem familiar... Usando "Loulou", posso sair, dirigir, trabalhar que essa sensação agradável não desaparece, continua intocada dentro de mim. "Calèche" me convida quando me sinto desejosa de passar o dia como se estivesse passeando pelos campos floridos da Provença, antes da primeira estação de poda. E tem mais! Aí fico pensando que eu gostaria de passear por esses prados floridos, bem calma e tranquila, embalada pelo perfume de "Calèche", enquanto meus inimigos rugem de raiva de mim. Eu estaria distante, bem distante dessa ira. Ah! Eu morreria de prazer nesse passeio. "Magnetic"... Eu recorro a "Magnetic" quando quero conquistar sem dizer uma palavra, quando desejo seduzir, insinuar--me, lançar meu magnetismo pessoal.

De repente, meus olhos alcançam a bailarina de bronze no canto direito do espelho. Ela se mostra inteira através dele e eu me volto para a figura com atenção.

Encantadora esta peça! Tão delicada, tão bem torneada. E as feições, meu Deus, as feições! Como é bem esculpido o rosto! Eu nunca havia reparado. Nós a recebemos de presente. O decorador deste quarto enviou-a para nós no primeiro Natal que passamos aqui. E só agora eu a vejo com este interesse e com intensa curiosidade. Uma força me atrai para a escultura e eu me volto para ela com especial atenção. Os pés também! São belos e perfeitos, metidos nas delicadas sapatilhas. Olho bem para eles e tenho a sensação de que vão começar a movimentar-se e que ela vai rodopiar pelo quarto, dançando em meneios bonitos e ritmados.

Volto a olhar para seu rosto e os olhos me chamam ainda mais a atenção. Se é verdade que "os olhos são as janelas da alma", quero olhar para estas janelas. Quero abri-las, quero olhar para dentro, xeretar, bisbilhotar lá no fundo, quero descobrir o que existe nessa alma encarcerada no bronze. Meus sentidos se aguçam. Estou tocada, enfeitiçada pela imagenzinha bela e delicada. Posso ver a poesia que tem a sua dança, posso vivenciar o romance que circula por seus gestos e passos. Posso sentir e me deixar abrasar pela paixão que a alimenta.

É um ser apaixonado, ágil, vibrante, este ser que aqui está à minha frente. Um ser trepidante, esculpido nesse bronze poderoso que a imobiliza, amordaça e cala. Mas lá dentro, penetrando-lhe o silêncio da vida sufocada, posso perceber a inquietude de que ela é feita. Posso sentir a calidez, a ternura. Posso ver a arte que traz aprisionada dentro de si. Posso ver mais. Posso ver muito amor, o afeto congelado, o afago interrompido. Posso vislumbrar muita luz, muita alegria, muita beleza e muitos, muitos, muitos movimentos.

Posso ver os múltiplos movimentos que transformam a música em sonoridade comovente, em espetáculo que extasia, gera vida, dá prazer e leva paz e alegria aos corações.

Nessa elegante silhueta, posso ver beleza, magia e encantamento. Posso ver coragem. Posso ver mistérios e segredos. Posso ver sonho, ternura e arrebatamento. Vejo sensualidade e força. Uma sensualidade poderosa! Vejo brio e importância. Vejo orgulho e libido. Uma libido arrebatadora!

Posso ver tudo isso em rígido descanso. Puro descanso! Ou estará ela em compasso de espera? Sim, uma leve pausa... ela deve ter sido esculpida no momento exato de sua dança maviosa, entre uma cena e outra, entre dois compassos da encantada música que lhe foi permitido dançar na sua vida de bailarina.

Penso no seu bailado com alegria, e uma energia boa vai entrando em mim. Essa pequena bailarina de bronze se agiganta, torna-se uma dançarina de carne e osso, bonita, sedutora, vivaz. Seus passos me envolvem, eu me deixo levar por ela, deixo-me guiar por sua leveza e acompanho-a, embevecida.

Ela já se apresenta vestida em cores. Uma saia de babados vermelhos, mangas bufantes e um espartilho preto decora-lhe o colo em belo decote. Ela dança, dança e sua dança me embala. Até já ouço música. A melodia entra pelos meus poros e eu me entrego a ela juntamente com esta criatura tênue, que me seduz e encanta.

A bailarina dança e sua dança sensual me envolve. Ela se libera em movimentos cálidos e harmoniosos. Solta-se. Liberta-se. Está completamente livre em passos flutuantes que abrangem todo o espaço.

O mundo deve estar se transformando ao compasso desta dança, tão grandiosa ela é!

Eu a vejo em meneios pelo quarto, ela se projeta em voos delicados e então a roupa já é outra. É o fino tule que acompanha um ritual de reverência, respeito e receptividade. Passinhos miúdos, volteios da cabeça, mãos que se expandem levadas por braços que se alongam em movimentos sedutores.

A bailarina solta-se como uma pluma e mal posso acompanhar o seu bailar... Quão poucos são os recursos de que disponho perante o seu talento. Eu precisaria de mais olhos, de muitos outros sentidos para acompanhar esse espetáculo. Volto-me para o espelho. Quero ver-me e vê-la através dele. Quero mais, quero integrar-me nesta cena.

Fixo os olhos no espelho e, ao fundo, percebo o movimento de uma cavalaria. Uma possante cavalaria que, do espelho, vem em nossa direção. A música se altera, o ritmo torna-se outro e a cavalaria trota, célere. Vem, vigorosa, em minha direção. Posso sentir o trepidar causado no solo. Eu me apavoro, entro em desespero. Estou completamente aturdida. Não compreendo a causa do terror. Não consigo entender o pânico. Mas ele existe e me atormenta. Encontro-me dentro do desvario de uma catástrofe.

Estou prestes a desfalecer quando vejo um vulto escuro que se agiganta. Ele vem trazido pela cavalaria. Sinto um tremendo frio. Sinto calafrios. Arrepios. Um gelo me bate na alma ao ver mais nitidamente o vulto. É uma figura humana. Eles a trazem. Eles a mostram para mim. Ostentam-na. Eles me hostilizam. Eles me desafiam. Eles me afrontam.

Eu vejo de perto aquele vulto. Eu o reconheço. É um enforcado. Sua fisionomia é terrível e me abala profundamente.

A cavalaria avança na sua postura prepotente e impiedosa… Eu vou morrer… Essa cavalaria quer me matar… quer passar por cima de mim… quer me reduzir a pó… quer me fazer desaparecer e por isso ostenta esta figura. Ostenta. Impõe todo esse desespero como um troféu… Ostenta esse enforcado que me causa sentimentos de dor, asco, ódio,

amargura, amargor, ressentimento... piedade...
uma horrorosa piedade, uma raiva, um ódio, um
amor estilhaçado, uma paixão traída , uma ideia de
traição vil e pérfida.

Eu sinto ódio desse massacre, eu sinto ódio da
prepotência, da arrogância. Eu sinto ódio dos man-
datários do mundo, dos comandantes dos destinos e
dos corações. Eu sinto ódio da opressão e da dominação. Eu sinto ódio da dominação e da submissão.
Eu sinto ódio desse cadáver que se estende e se estica
cada vez mais à minha frente, as mãos cada vez mais
longas, mais brancas, mais lívidas, sem poder fazer
um gesto. Impedidas de dar um basta, incapazes de
fazer um carinho. Os pés a cair cada vez mais em
direção ao solo parecem uma gota d'água a escorrer
e a se deformar pelo vidro de uma janela. Não mais
caminharão. Não mais seguirão o seu caminho, a sua
rota. A cabeça tombada é uma agressão tão grande
aos meus sentidos que eu não vou suportar. Não
quero olhar. Não quero ver. Não existem mais olhos
neste rosto lívido e assustador que pende sobre o
peito de forma cada vez mais horripilante.

Atrás de mim, eu vejo, pelo espelho, aquela
bailarina de joelhos sobre a terra, prostrada, com
olhar perdido, a sofrer uma dor atroz. Uma dor que
ninguém nunca, nunca poderá avaliar. E a cavalaria
está ali, à minha frente, com seus animais inquietos,
querendo avançar.

A cavalaria quer agredir, quer culpar e agora já não é só a cavalaria... é o exército inteiro que se impõe e ameaça. Tudo isso é sórdido! Muito sórdido!

Eu volto a olhar a bailarina e vejo o estado em que ela está. Vejo, reconheço, compartilho o seu sofrimento. Posso perceber muito bem a sua angústia, a dor em que está mergulhada. Consigo penetrar na sua sensação. Uma intensa agonia, um sentimento de impotência, de insignificância domina essa humana criatura. Ao vê-la, a mesma emoção atinge-me em cheio e lágrimas começam a rolar. Volto-me para o espelho a fim de enxugar as lágrimas. Em meio ao pranto em que estou mergulhada, enxergo meu quarto. Tudo está em ordem. Há silêncio e quietude no espaço vazio. Vou recolocando os frascos de perfumes nas respectivas caixas.

Ao meu lado direito, vejo a pequena bailarina de bronze e, no meu entender, ela já tem outra estatura. Não me contenho, falo em voz alta:

— Minha querida bailarina, como pude ignorá-la durante todo esse tempo? Como não entrei em contato com você antes? Como pude ser tão surda? Como pude permanecer tão distante, tendo-a tão próxima de mim? Como pude deixar de perceber a sua vida, a sua luz? Como pude deixar de ver toda a sua angústia, presa nesse molde opressor? Como pude negar-lhe o direito de libertar-se? Que maldade a minha! Bastou um pouquinho de atenção, um naco de dedicação e eis que você me presenteou com sua arte deslumbrante e dançou para mim uma ópera de excelente qualidade! Agora somos cúmplices, bailarina, nada mais nos separará. Você não tem mais amarras nem mordaças.

Sinto necessidade de me recolher.

Agora, a porta do armário me chama. Pego meu cobertor, enrolo-me nele, jogo-me na cama, declarando:

— Bailarina, você está livre, pode dançar quando quiser. Eu reconheço você como uma artista, uma mulher livre, liberta, dona da sua vida e da sua arte. Dona de seus dias, bailarina. Você pode dançar, movimentar-se e se expor como quiser. A vida é sua, seu corpo também. Você tem vida, bailarina. Você pode mostrar sua arte, tem autonomia para isso. Nada mais prende você! Você não está mais encerrada no frio bronze desta armadura que tanto a machucou, que tanto lhe pesou, bailarina.

ACHADO

Meus netos, Júlia (4), Caio (3) e Luísa (2), acharam um cesto com brinquedos que eu guardara. Brinquedos que ficam em nossa casa e estão com defeito, faltam peças ou já estão ultrapassados para suas respectivas idades.

Caio adiantou-se e foi retirando cada peça com um ar glorioso.

— Olha o que achei.

As duas respondiam:

— Você achou esse pra mim, Caio?

— Olha esse! É da Lulu.

— Esse é da Juju.

— Esse é meu, olha ele!

Como se estivessem revendo velhos amiguinhos, emocionam-se a cada objeto que surge. Abraçam-no, comemoram.

— Você achou!

— Você achou!

Riem, pulam de alegria.

— Acha mais, Caio, acha...

— Ah! Você achou mais um.

Lá pelas tantas, depois de tanto "achou" e "achei", ele solta uma sonora gargalhada e exclama:

— Ah! Mas eu sou muito achado mesmo!

AGRADECIMENTOS

Manifesto minha gratidão:

Ao meu genro Luciano Antônio Siqueira Alves
Pelo generoso trabalho de recuperação de muitos
textos deste livro, que eu perdera no computador.

À Mary Elisabeth Campos Ginis Lorena de Souza
Por seu refinado olhar profissional.
Não lhe escapou uma tristeza...
Uma tristeza no olhar, vinda de muito longe,
De onde a vista não mais alcança...
Descobriu este varal invisível e
Começou a puxá-lo.
Trouxe-o à luz do sol.
Muito obrigada, querida Mary.

À Dra. Aída Schwab
Por seu amor, carinho e aconchego.
Por sua confiança em minha escrita.
Pelos sábios recursos profissionais,
Com estímulo constante,
Ao solicitar-me o favor
De escrever um texto.

À Mônica Pantarotto
Pelo caminhar compartilhado há tantos anos.
Obrigada, Mônica, por sua serenidade,
por sua LUZ, por sua inteireza.

À Yolanda Azevedo
Minha amiga que anda sempre sumida.

Mas que, quando aparece, dá ordens contundentes
às quais obedeço.
E meus livros estão saindo.
Obrigada, Yolanda, por tantas discussões
Muitas vezes acirradas, mas sempre produtivas.

Ao Lúcio e à Cris,
Pela porta aberta do coração, antes de qualquer coisa.
Pelo acolhimento na Livraria Zaccara,
acrescido de novos e especiais amigos.
Obrigada, meus queridos, pela consideração e apoio.

Ao Rodrigo Petrônio
Pelas aulas instigantes e alegres nas
Oficinas de texto Criativo.
Competência.
Pela especial atenção na leitura de meus textos
com orientação segura e encorajadora.

À Maria Lúcia Teixeira Da silva
Pela prontidão amorosa com que aceitou ler
o meu livro e dar sua opinião.

À equipe do estúdio Gatoazul
Hélio, Laura e Thereza, pelo projeto gráfico deste livro.
Pelo carinho com que me acolheram.
Pela amizade que desenvolvemos ao longo do trabalho.

À Editora Manole
Pela plena aceitação do meu projeto.
Pelo profissionalismo, atenção e gentileza
no desenrolar das tratativas.
Muito obrigada a todos.

AGRADECIMENTOS

E, em especial, pela minha vida, agradeço:

Ao Dr. Masaharu Taniguchi
Por seu corajoso propósito de vida. Vencendo temores
pessoais e dificuldades objetivas, levado pela compaixão,
ele não fugiu de seu foco: o amor à humanidade. Sustentou
a determinação de examinar antigos textos religiosos.
Sobre eles, lançou um olhar contemporâneo. Ensinou
outra leitura, um convite ao essencial. Escreveu sua obra
A Verdade da Vida, sob inspirada reflexão. Abriu uma
trilha espiritual profunda, mas compreensível, dotada de
excepcional clareza. Tomou a firme resolução de publicá-la,
mesmo prevendo a possibilidade do estranhamento inicial,
da crítica, da não aceitação. Declarou-se o primeiro adepto
dos ensinamentos recebidos. O primeiro a ser salvo.
Encontrou sentido para a própria vida. Lançou o barco de
salvação para muitas outras. Com persistência, atravessou
a Segunda Guerra Mundial, sempre escrevendo. Com
dificuldade, distribuiu seus textos gratuitamente, ajudado
por sua esposa, a digníssima professora Teruko Taniguchi.
Fundou o Movimento de Iluminação da Humanidade,
a Seicho-No-Ie, que hoje está em todos os continentes,
levando luz a todos aqueles que se preocuparam em
buscar sua essência, a manifestação da sua natureza divina.
Sinto-me grata por ter seus livros ao alcance de minhas
mãos há 40 anos. Sob sua influência levei adiante a minha
vida, enfrentando o desconhecido na imensa São Paulo,
para onde vim recém-casada. Estruturei minha família,
fui companheira de meu marido, formei minhas filhas e
alunos, sempre dialogando com seus ensinamentos.

Sinto-me honrada em pertencer à fileira de seus divulgadores. Sinto-me inserida em trabalhar num segmento religioso que me leva a entender mais e a praticar melhor a minha religião Católica. Muito obrigada, meu querido Mestre.

À dona Assunta Giannini Tognocchi (*in memoriam*), a vizinha que me levou à Seicho-No-Ie. De minha "avó" em São Paulo, ela passou a ser a minha "mãe espiritual". Antes de falecer, afirmava estar muito feliz por me ver trabalhando na Seicho-No-Ie.

À minha família:
Jonas Sampaio Ratti
Andréa e Luciano – que me deram os netos Caio,
Clara e Mariana
Fabiana e Luiz Guilherme – que me deram as netas
Júlia e Luísa

Quero agradecer por serem criaturas essenciais para mim, insubstituíveis na minha vida. Importantes para a minha existência, para o meu crescimento. Amo vocês. Meu coração... Ah! Não posso escrever o que sinto. Eles chegaram antes. Pixinguinha e João de Barro... Chegaram antes... Fazer o quê?

Este livro foi impresso no Brasil
em dezembro de 2014
pela Gráfica PSP Digital,
em papel Pólen Bold LD 90 g/m^2.